唐诗岁时记

怀君属秋夜

陆蓓容——编著

浙江文艺出版社
Zhejiang Literature & Art Publishing House

图书在版编目(CIP)数据

唐诗岁时记. 怀君属秋夜 / 陆蓓容编著. —杭州:
浙江文艺出版社,2023.8
ISBN 978 - 7 - 5339 - 7260 - 8

Ⅰ. ①唐…　Ⅱ. ①陆…　Ⅲ. ①唐诗 - 诗歌欣赏　Ⅳ.
①I207.227.42

中国国家版本馆CIP数据核字(2023)第102808号

策　　划	柳明晔	数字编辑	姜梦冉　诸婧琦
责任编辑	徐　全	封面设计	棱角视觉
责任校对	陈　玲	版式设计	吕翡翠
营销编辑	余欣雅	责任印制	吴春娟

唐诗岁时记·怀君属秋夜

陆蓓容　编著

出版发行　浙江文艺出版社
地　　址　杭州市体育场路347号
邮　　编　310006
电　　话　0571-85176953(总编办)
　　　　　0571-85152727(市场部)
制　　版　浙江新华图文制作有限公司
印　　刷　浙江海虹彩色印务有限公司
开　　本　880毫米×1230毫米　1/32
字　　数　62千字
印　　张　6.5
版　　次　2023年8月第1版
印　　次　2023年8月第1次印刷
书　　号　ISBN 978-7-5339-7260-8
定　　价　56.00元

前言

古人的岁首是元旦，春天则从立春开始。立，可以理解为“始”，立夏、立秋与立冬也是同理。

在春天刚刚来临的时刻，唐代的诗人们会有一点点惊讶和喜悦——杜审言就曾说，“偏惊物候新”。如若你略微熟悉文学传统，就能想到，这种情感一直绵亘到明代的戏曲之中——汤显祖让柳梦梅唱出了“惊春谁似我”。

中国幅员辽阔，风俗处处不同。可在节气的名字指引下，每当岁序轮回到这几个日子，大家心上都能产生一点微微的共振：那些熟悉的季节，以及与它伴生的感受，又将来到我们的生命之中。

从某种程度上说，正因为传统历法一直使用至今，与它密切相关的节气、节日传统也都绵延未绝，我们才有与古人共享一些知识和情怀的可能性，更有可能去理解一个“中国古代诗人”，在四季的阴晴雨雪中看什么，想什么，写什么。反过来想，也正因为每一代人积极、丰富和广泛的使用，才让这一套文化传统轻松地传承下去：前人也许真正依照岁时来安排年中行事，而后人至少还能借助文字，想象那种生活的滋味。

近年陆续编写了一些以唐诗宋词和历代古画为素材的日历。最初的设想，就是让文本与节令相契，绘画与文本相合，希望它们匹配得严密、真切而有趣。不过，这些窄窄的小册子都是一日诗词一日画，全年各占一半篇幅。若是每一日都共同呈现，翻阅实在不便，有负于它的“产品属性”。

五六年来，为选目而经眼的作品已不太少。也常想在诗词和绘画的陪伴下，完完整整地走过一年，以弥补过去那些“产品”的遗憾，因此动念做一本新书。日历的开本小，解说余地有限，不能处处分析古人的匠心。既是做书，字数的限制少了，说理的空间就大。于是精选了我最喜欢的诗，先按岁序排列，再尝试讲了些典故为何恰切，对仗为何巧妙，同一主题如何各擅胜场，相似的表达手法怎么总能奏效。也尝试比着讲：春天和秋天里，谁用了同样的手法；同一类作品，白居易怎样直接，杜牧如何宛曲。尝试连起来讲：参与了永贞革新的诗人们，星散各地，各有名篇；李白寄愁心与明月之后，王昌龄醉别江楼。这些工作好似飞花摘叶，牵丝攀藤，我在那些清词丽句的迷宫里，重温了自己年少时的旧梦。

配画也有一些新的调整。历年积攒的古画图像越来越多，可以在不同选项里挑最好的。“停车坐爱枫林晚”，选陆治画的卡通小人儿。《夜宴左氏庄》，选检书、烧烛的真实场景。找到“落日照大旗”与“雪拥蓝关马不前”的真切诗意图；再找一些群众演员，去杜甫诗里打枣摘桃子。我在绘画世界里工作的时间，已经快和读诗的少年时代等长了。所以斗胆给每幅画加上了说明，根据不同的情况，或描述画面，或介绍作者、风格和作品价值。

到写这篇小引时，书籍的内容和形式都已做过好几遍调整，编辑与设计师付出了辛勤的劳动。它以年为单位，以四季来分册。我们都希望它像真正的日脚那样轻捷，不再与具体的某岁某时固定在一起。因此所有绑定了节气的日期，都是概念化的。如同大家耳熟能详的《节气歌》所言，它们可能偶尔会和今年、明年、后年的正日子偶尔“最多相差一两天”。

如果说这样的安排里也藏着一点奢望，那就是：这部小书能在眼下的岁时中停留久一点。但愿它有机会陪人走进一些唐诗里的岁时。

陆蓓容

癸卯夏至

目录

秋

立秋

初候，凉风至。

其实依然很热，但凉风有信，年年此时。或者说，世人抱着渴盼，年年在此时的风里寻找一丝清凉——白居易就是这样坚定的人，他无数次写过『凉风』。

在无常的世界里，万事都『有信』该多好。然而，每一阵风，都吹着不一样的心情。

二候，白露降。

白露这样的名字，听起来就很凉快。

入秋，便是一年过半了。『看啊，又生出了白露；回家吧，漂泊的人。』

诗人们都喜欢这么说。

三候，寒蝉鸣。

夏蝉换作了秋蝉，诗人的心境也变了。说它是秋日寂寞的挽歌，客途上茫然的怅恨；或者是衰老的预警，孤独的象征。

而它只是尽力歌唱到最后时分。

天末怀李白

唐·杜甫

凉风起天末，君子意如何。

鸿雁几时到，江湖秋水多。

文章憎命达，魑魅喜人过。

应共冤魂语，投诗赠汨罗。

8月7日 立秋

古人认为每一个节气有三候，每候五天。大概可以理解为，自然节律每五天都会有一些新鲜的变化，这变化比节气更具体而细微一些。而立秋的第一候，正是“凉风至”。秋天到了，风里就有了凉意。

这时李白正在经历贬谪。秋日水深，鸿雁难飞，音信因而阻绝；高才遭嫉，千夫所指，不知他身在何方。杜甫猜，他大约正与屈原一样，写了诗扔进汨罗江中抒写冤情。

因为得不到李白的消息，此诗全从想象入手，而想象正是李白的强项。于是，诗篇一改杜诗的典型面貌，带着些李白式的飘逸浪漫，可字里行间又满溢着沉郁的友情。

- 魑魅：指贬谪了李白的那些人。
- 冤魂：指屈原。传说他投汨罗江而死。

宋·梁楷·太白行吟图轴

这是一张著名的人物画，构图简单，形象略带夸张。李白长什么样，不重要。重要的是他吟诗时的姿态，带点儿志得意满，还带点儿飘逸出尘。

再因公事到骆口驿

唐 · 白居易

今年到时夏云白，去年来时秋树红。

两度见山心有愧，皆因王事到山中。

8月8日

此诗作于元和二年（807），白居易时年三十六岁，任盩厔尉。其地南依秦岭，故而“见山”。诗意特别简单，只是说，匆匆一年过去，还是没能诚心诚意地来看山，对不起白云和红树，辜负了好风景。

想要保护纯粹的私人生活，不想永远为了公事汩没性灵，这是很合理的精神需求。说“有愧”，是对不起山吗？不，白居易只是觉得对不起劳碌的自己罢了。

- 骆口驿：在陕西盩厔 [zhōu zhì]（今周至县）。
- 王事：公事、政事。

清·华嵒·山水图册·十一

“夏云白，秋树红”，好风景从不等人去看，它们根本不是为了谁。

八月八日

鹿柴

唐·王维

空山不见人，但闻人语响。

返景入深林，复照青苔上。

8月9日

这是一首关于空间的诗，它提醒我们万事万物彼此联系。只能听到人声，却见不到人影，才是一片空山。一声人语打破了岑寂，同时也衬托了这岑寂。只能见到青苔上的一方日影，却见不到太阳，才是一片深林。一片阳光打破了幽暗，同时也证明了这幽暗。

空山不見人
但聞人語響
返景入深林
復照青苔上
倣倪高士設
色寫詩意

清·王原祁·仿古山水图册·七

请看题款——这是一幅诗意图。

八月九日

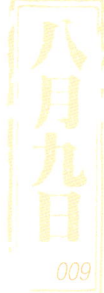

峨眉山月歌

唐 · 李白

峨眉山月半轮秋，影入平羌江水流。

夜发清溪向三峡，思君不见下渝州。

8月10日

峨眉山、平羌江、清溪、三峡、渝州，都是唐代川西一带的地名。安排在短短一首七言绝句里，显得太过集中，小诗有沦为地图的危险。李白为什么敢这样做呢？

这取决于他描写的对象。月光无远弗届，水系则纵横交错，流动不息。半圆的月儿从峨眉山上升起来，照到江上、溪上、峡谷中，一直照到此行的终点站。孤独的人循着水路行走，过了一段又一段。这首诗不是一幅画，而是一段电影。所有的地名，都是月光与人一起到过的地方。

“月亮走，我也走”。可是，想念的人并没有一块儿走。这是一段孤独的旅程。

清·奚冈·仿各家山水图册·五

明月下，江水中，小船儿独自漂流。

楚江怀古

唐·马戴

露气寒光集，微阳下楚丘。

猿啼洞庭树，人在木兰舟。

广泽生明月，苍山夹乱流。

云中君不降，竟夕自悲秋。

8月11日

我们又一次读到了唐人对楚地的描写，也再度见证了典故对古代诗人的影响。马戴来到荆楚水国，惆怅不眠，写出了这首圆融流畅的佳作。自黄昏，至月上，他都在木船上漂荡，树上的猿声不断传来。大泽、明月、苍山、流水，一片水汽氤氲。他想到这儿是《楚辞》诞生的地方，想起了其中那些神仙人物。可是传说中的云神终宵不来。羁旅愁思，只能独自承担。

◆ 楚江：湘江。

◆ 云中君：《楚辞·九歌》有《云中君》篇，一般认为他是云神。

◆ 降，降临。

◆ 竟夕：整个晚上。

元·佚名·九歌图册·云中君

《楚辞》的文学传统影响悠远。毫不意外地，它也成了重要的绘画母题。传世的《九歌》图卷和图册有好几本，藏在世界各地的博物馆中，形式有一些区别。希望大家可以主动留心它们。

咸阳城东楼

唐·许浑

一上高城万里愁，蒹葭杨柳似汀洲。
溪云初起日沉阁，山雨欲来风满楼。
鸟下绿芜秦苑夕，蝉鸣黄叶汉宫秋。
行人莫问当年事，故国东来渭水流。

8月12日

许浑是晚唐时期最重要的诗人之一。与《谢亭送别》一样，这首诗也是他最为脍炙人口的名篇。

咸阳与唐都长安隔河相望。它本来是秦王朝的都城，而长安又曾是西汉的首都。这里城南有溪，城西正对慈佛寺阁。这些景象，今天说来，都是徒留在文献中的历史知识了。可在许浑登楼之际，却还是一片片亲眼可见的历史遗迹。

故而我们眼中的千古名句，于诗人只是信手拈来。他在王朝末世中登楼，看到江南故乡常见的蒹葭杨柳，却掩映着一片荒芜冷落的秦苑汉宫，兴衰之理不可追问。他目送斜阳在密云中落下，耳听风声带来山雨。这一切或许只是实景，却因恰到好处的安排，写出了风云变化的动势。尾联以历史不可追问，只有渭水千年如故作结，又与日落雨来的黄昏景象一起，恰巧喻示了唐王朝的衰亡。

清・袁耀・山雨欲来图轴

"山雨欲来风满楼"，后来几乎成为俗语，用以表示事情发生之前总会有前兆。同时，它也成了一个很好的画题，尤其适合那些擅长描绘亭台楼阁的画家。清代初年，袁江袁耀叔侄俩是这一类绘画的专家。这件作品非常出名，风在哪儿？在云里，树枝里，在被刮跑的扇子上，在闲读者狂乱的发型中。

咏怀古迹五首·其三

唐·杜甫

群山万壑赴荆门，生长明妃尚有村。

一去紫台连朔漠，独留青冢向黄昏。

画图省识春风面，环佩空归月夜魂。

千载琵琶作胡语，分明怨恨曲中论。

8月13日

与《诸将五首》一样，《咏怀古迹五首》也是杜甫七律组诗中的名作。前者写今世之事，后者写往古之人。此诗为组诗中的第三首，歌咏西汉时的美女王昭君。她的故乡村落犹在，然而王昭君生前成为政治牺牲品，不得不离开皇宫，远嫁沙漠；身后只留一座孤坟，唯有画像传世。传说她身处绝域时，常寄哀思于琵琶曲中。杜甫对她深抱同情。他说：千载以来，琵琶音律犹带胡地风貌，是她把一生的怨恨都倾注在其中了。

琵琶乐中，至今还有一曲《昭君怨》，请你也去听一听。

- 荆门：在湖北。王昭君是归州（今湖北秭归）人，别称明妃。
- 青冢：北地草皆白，唯独昭君墓上草青，故名为青冢。

清·费丹旭·昭君出塞图轴

画里的昭君，果然怀抱琵琶呢。

长干曲

唐·崔颢

下渚多风浪，
莲舟渐觉稀。
那能不相待，
独自逆潮归。

8月14日

这是一组同题的小诗，共有四首，此为其三。四首连读，是一位驾船女子试图结识男性同行的故事。前一首“君家何处住，妾住在横塘”，更为著名，我们都很熟悉。她主动提起话头，想和男船工攀一攀同乡。

水边风多浪急，采莲船渐渐少了。她很可能没有得到答案。搭讪失败，总是很羞恼的，于是不免有一句抱怨：“他怎么就不肯等等我，一个人逆着潮头，就这样驾船回去了？”

◆ 那能：怎么能。

清·石涛·山水图册·六

小人儿在一片莲花塘里，“独自逆潮归”了呢。

秦州杂诗·其五

唐·杜甫

南使宜天马，由来万匹强。
浮云连阵没，秋草遍山长。
闻说真龙种，仍残老骕骦。
哀鸣思战斗，迥立向苍苍。

8月15日

秦州，即今甘肃天水。杜甫于唐肃宗乾元二年（759）秋弃官到秦州，滞留数月，作了这一组杂诗，都是五律，共二十首。

古代战争时，马的作用非常大，所以养马是重要的战备工作。南使所养的万匹骏马，已经在连年战争中折损良多。没有马，秋草已不再是“粮草”，所以长得又高又长。杜甫说，听说真正的好马并没有死尽，它们在哪里呢？大概是在一片苍茫中哀鸣着，还在盼着踏上战场。

杜甫自己，好像也是这样一匹马，哀鸣着度过了一生。

◆ 南使：旧说纷纭，现在有学者考证为专管监牧的官吏。有东南西北四使，南使当在今甘肃静宁一带。

◆ 龙种、骕骦：都是骏马名。这句是说，听说真正的好马并没有全部身亡。

清·钱沣·三马图轴

长松下，旷野中，三匹马迴立向苍苍。

苏武庙

唐·温庭筠

苏武魂销汉使前，古祠高树两茫然。

云边雁断胡天月，陇上羊归塞草烟。

回日楼台非甲帐，去时冠剑是丁年。

茂陵不见封侯印，空向秋波哭逝川。

8月16日

温庭筠在苏武的祠庙中怀想他，并不着力刻写十九年间的风刀霜剑，而是想象他回到汉朝之后，会如何抚今追昔。因此，他是在为苏武的余生感到惋惜。

其实，我们生活的世界，总是在变化的。只有“变化”本身，如滔滔秋水，永不停息。对苏武而言，人事变了，帝王变了。青春岁月白白抛掷，“忠爱之情”还能向哪儿倾注呢？

颈联以“丁”对“甲”，极见巧思，而又不着痕迹，非常精彩。这样精巧的对仗，既要求作者熟悉历史典故，知道“甲帐”的由来，又要求他聪明善思，对语言足够敏感，有丰富的语汇储备，能找出一个完美匹配的词。

大诗人往往拥有这样的能力，不独温庭筠为然。

◆ 甲帐：《北堂书钞》所引《汉武故事》中说，汉武帝用金银珠宝做了“甲帐”，其次者为“乙帐”。前者让神居住，后者自己住。苏武回到汉朝时，武帝早已去世，所以说再也没有“甲帐”了。

明·陈子和·苏武牧羊图轴

陈子和是福建浦城人，塑工出身，半路出家学画画，作品以水墨人物为主。画中的苏武双手抱胸，紧紧护住了自己。天寒地冻，他在和山羊们一起苦苦煎熬。

历史人物故事画原有悠久的传统。在文人的世界之外，画工们创造了大量这样的形象，买画的人看得懂，也喜欢。

秋夕

唐·杜牧

银烛秋光冷画屏，轻罗小扇扑流萤。

天阶夜色凉如水，卧看牵牛织女星。

8月17日

此诗写宫女独处的一个秋夜。先写动，再写静，从夜幕降临写到夜深。深宫寂寞，唯有流萤；夜再深时，只剩满天繁星。独独拈出“牵牛织女”，是因为深宫女子，连像牵牛织女那样年年与情人相会的机会都没有。她只能在仰望中度过漫漫长夜。

又到七夕了，请去看一看天空，找一找牵牛织女星。

清·闵贞·纨扇仕女图轴

“轻罗小扇”，画得多么通透，扇面后露出了原有的衣纹。

马嵬二首·其二

唐·李商隐

海外徒闻更九州，他生未卜此生休。

空闻虎旅传宵柝，无复鸡人报晓筹。

此日六军同驻马，当时七夕笑牵牛。

如何四纪为天子，不及卢家有莫愁。

8月18日

七夕是传说中牛郎织女相会的日子，而这个传说影响了很多后人。相传唐玄宗与杨贵妃就曾在这一天夜里许下长相厮守的誓言。

所以李商隐咏史，便从唐玄宗的爱情故事写起。莫愁是一位活在文学传统中的女子，六朝诗歌多及之。最著名的一首，写她嫁到卢家，婚姻美满。诗里说，唐玄宗当了四十多年皇帝，在马嵬坡赐死杨贵妃，自己遁走蜀中，还比不上卢家儿郎，能与莫愁白头偕老。注意颈联用“六军”对“七夕”，“驻马”对“牵牛”，也与“甲帐”对“丁年”一样，是唐人七律中最为精整的名句。

曾经七月七日长生殿，山盟海誓；到底他生未卜此生休，阴阳两隔。好诗必然胜意纷繁，千头万绪。有讽刺，也有同情。

◆ 鸡人：指报时警夜之人。与“虎旅”一样，本来都是春秋时期周王朝的职位。

◆ 四纪：岁星十二年一周天为一纪。这里是约数，指唐玄宗当了四十多年皇帝。

明·佚名·千秋绝艳图卷·杨贵妃

手握玉环的杨贵妃，身姿并不丰满。因为画她的人早已远离了唐朝，有了完全不一样的审美观。

南邻

唐·杜甫

锦里先生乌角巾，园收芋粟未全贫。

惯看宾客儿童喜，得食阶除鸟雀驯。

秋水才深四五尺，野航恰受两三人。

白沙翠竹江村暮，相送柴门月色新。

8月19日

七言律诗自有一种神完气足的形式美。杜甫最擅长应用这种形式，哪怕写与邻居出游这样的小事，也把铺叙、对仗发挥到极致。写这位邻人的家庭与性情，全用侧笔。他有些产业，不太贫穷，喜欢孩子，爱护动物，大约是位和善人儿。

杜甫很愿意与这位邻居一起玩。于是大家乘船去江上逛一圈。“才”是转折，说明水很浅；“恰”又托住，说明小船儿载的分量恰好，刚好能在浅水里漂浮起来。于是我们看到了这样一幅画面：两三人乘着小舟，荡漾在四五尺深的秋水里，直到明月满江，各自归家。

- 乌角巾：黑色有折角的头巾。常为隐士所戴。
- 看 [kān]：在诗词中，看字是平仄两读字，这里读第一声。
- 野航：指农家小船。

清·王时敏·杜甫诗意图册·二

古人非常爱杜甫。目前存世的杜甫诗意图非常多。王时敏这一套，设色精美，构图饱满，严格反映诗意，是他最好的作品。看，诗句题写在左侧空处，月亮高挂在中天，两个小人儿正在柴门前作揖相别。

齐安郡中偶题二首·其二

唐·杜牧

秋声无不搅离心，
梦泽蒹葭楚雨深。
自滴阶前大梧叶，
干君何事动哀吟。

8月20日

洞庭湖区从前是一片水国。所以从《楚辞》开始，歌咏那里的诗篇，总是带着氤氲的水汽。这些水汽有些来自江湖，有些来自雨水。秋雨深而密，牵动离愁，搅得人无法安静，只能起立吟诗。它却无辜起来，像人一样反问道：“我只管打湿那些梧桐叶，关你何事呢？怎么就多愁善感地哀吟起来？”

梧桐夜雨是现实，也是历史悠久的文学意象。有时候，诗人从历史里学到的，远胜于自然。

◆ 干：关联，牵涉。

清·高岑·仿古山水册·九

阶前三株树，都是梧桐。

咏史

唐·李商隐

北湖南埭水漫漫，
一片降旗百尺竿。
三百年间同晓梦，
钟山何处有龙盘。

8月21日

南京是六朝古都。玄武湖、鸡鸣埭，都是历代帝王游行之处，也是水军练兵的地方。可是终究不济事，陈朝到底还是向隋军投降。回首孙吴以来，三百年间王朝迭代，都如一梦。问“钟山何处有龙盘”，就是在质问：一个王朝怎么能只靠险要的地势来保住自己？也就是在批评六朝帝王的一味偏安。

七言绝句空间有限。二十八字之内，句句转折，字字辛辣，这就是作者的本领。

◆ 北湖：指南京玄武湖。六朝时，那里曾为水军演习之所。
◆ 南埭：即鸡鸣埭。埭，堵水的土坝。
◆ 龙盘：传说诸葛亮曾言，南京地势险要，“钟山龙蟠，石城虎踞”，是帝王之宅。

清·叶欣·钟山图卷（局部）

清初有八位活动在南京一带的艺术家，被后人称为“金陵八家”。他们留下了不少描绘南京地区山水风光的作品。叶欣就是他们中的一位。

处暑

初候，鹰乃祭鸟。

鹰捕猎成功，也不急着吃，要先行祭祀，以表示不忘本。是否觉得这条记录似曾相识？没错，春天雨水时节，也有『獭祭鱼』的记录。在祭祀礼节极为重要的时代，人们不免用自己熟悉的行为去理解自然现象，它们并不觉得这样会谬以千里。

二候，天地始肃。

天地变得清静，气氛渐渐肃然，乃至于转向萧条了。

所有诗人的生物钟都响了起来。那些宜于怀古、送别、登山、拾叶、写信、思乡和回忆往事的日子，在一丝伤感和凝重之中，到来了。

三候，禾乃登。

记得些物候，当然有益于读诗。新谷子收获了，就让人想起『开轩面场圃，把酒话桑麻』。

秋日

唐·耿湋

反照入闾巷，

忧来与谁语。

古道无人行，

秋风动禾黍。

8月22日　处暑

处暑到了，又是谷物收成的季节。斜阳照进深巷，黄昏使人惆怅。不知可以告诉谁，因为周遭空无人迹，只有禾苗在风里摇荡。

- 反照：夕阳的反光。
- 闾巷：里巷。闾，里巷的大门。
- 禾黍：禾与黍，泛指各种粮食作物。

清・蓝涛・杂画册・四

谷物累累结实，虫儿得到饱餐。小诗末句，题写在画面右上端。

八月二十二日

秋兴八首·其一

唐·杜甫

玉露凋伤枫树林，巫山巫峡气萧森。

江间波浪兼天涌，塞上风云接地阴。

丛菊两开他日泪，孤舟一系故园心。

寒衣处处催刀尺，白帝城高急暮砧。

8月23日

《秋兴八首》是一组伟大的七律。作者开拓了一种叫“联章”的新手法，八首之间都暗藏着思维线索，彼此联系，前后呼应；最终八篇一贯，神完气足。这些作品语义精微而丰富，句式灵活而多变。它们既有动人的诗意，也对诗歌的语言和文体做出了新的贡献。杜甫创作它们时，用尽了一个优秀诗人的自觉。

本篇是八章之首，围绕一个“秋”字，大做文章。杜甫是在夔州的万山之中，从高处俯瞰世界。他看到山川连绵，秋气淋漓，霜露俱下，枫林红透；看到江水弥天，阴云成阵，寒菊摇曳，孤舟漂荡。在这一片搅动风云，震撼人心的秋色里，他想到战乱未息，故乡远隔，悲慨不已。

伟大作品总是众美兼备。本篇取景壮阔而悲凉，是杜诗的典型面貌；以夔州秋景开端，近切眼前，远映长安，又是八首诗恢弘的开端。

宋·赵芾·江山万里图卷（局部）

“江间波浪兼天涌，塞上风云接地阴”。实话说，这样壮阔的风景并不罕见。只是普通人难以像杜甫那样，将它形诸语言。

莫种树

唐·李贺

园中莫种树，种树四时愁。

独睡南床月，今秋似去秋。

8月24日

树是会生长变化的。叶子春生夏绿，秋落冬枯。树又是不会移动的，年年都在窗外。每一次感到忧愁，都会看见树；又好像是它的形貌变化，唤起了一次次的忧愁。

这一年秋天的忧愁，是为了什么呢？是因为树已经变过一轮，人还和去年一样碌碌无成，茕茕独处吗？还是因为今年的树又要像去年一样准备落叶了，那孤寂落寞的季节，又要来到眼前？

于有限的空间中，写出一言难尽的哀愁，真是令人感动。

清·叶欣·山水图册·三

小人儿半卧在回廊下。小屋闲园，曲径流水，都在一片松荫里。

临发崇让宅紫薇

唐·李商隐

一树浓姿独看来，秋庭暮雨类轻埃。

不先摇落应为有，已欲别离休更开。

桃绶含情依露井，柳绵相忆隔章台。

天涯地角同荣谢，岂要移根上苑栽。

8月25日

李商隐要离开洛阳了。离别之际，花事落寞，但紫薇还开得很好，它正是此时此际的花儿，与桃花柳絮都不同时，只能隔着季节遥遥相望。不过，无论生在哪里，花总是一样会盛开，也一样会凋谢。所以作者最后发出了这样的议论：节序有常，运命不可改易，花开在哪儿都一样，又何必非要栽种在清贵官署之中？

这当然是借花写人。端居也好，漂泊也好，谁不是从幼年开始长大，有过顺利的日子，也经历过挫折，就这样慢慢成人，渐渐老去？

◆ 崇让宅：李商隐的岳父王茂元家在洛阳崇让坊中，故称。

清・恽寿平・花卉册・三

紫薇花开了，可远不止紫色一种。请你们在生活中细细留心。

宿建德江

唐·孟浩然

移舟泊烟渚，日暮客愁新。

野旷天低树，江清月近人。

8月26日

此诗好在含蓄而精练。小船儿停泊在岸边，船上的人因日暮而满怀愁思。这愁，明面上的理由是作客他乡；而不可言说的部分，则与黄昏有关。“一天又要过去了”，这简单的念头，本身就会使人怅然若失。

作者孤孤单单，无法倾诉。于是转而去看风景。“低”与“近”都带一点意动用法，郊野平旷，仿佛是天把树压低了；江水清澈，波心月挨近了船上人。

明・董其昌・山水册・六

小诗题写在画面左上端。

登北固山亭

唐·李涉

海绕重山江抱城，隋家宫苑此分明。

居人不觉三吴恨，却笑关河又战争。

8月27日

北固山在江苏镇江，下临长江，地势险要，是兵家必争之地。芒种时节，我们已经在诗和画里见过了它。这一带历史悠久，自三国至隋，王朝不断更迭。住在这儿的老百姓却并不都懂得历史，不记得曾经发生过的事。他们竟然能笑着谈论眼下的新战争。

李涉大约是唐德宗至文宗时代的人。那时藩镇四起，兵连祸结，泾原之变时，卢龙节度使朱泚曾经称帝建国。“太阳底下无新事”，谁能听到诗人沉痛的叹息？

◆ 三吴：也泛指长江中下游一带。

明·张风·北固烟柳图轴

这是另一种风格的北固山。逸笔草草，水墨淋漓，不求形似。

西塞山怀古

唐·刘禹锡

王濬楼船下益州，金陵王气黯然收。

千寻铁锁沉江底，一片降幡出石头。

人世几回伤往事，山形依旧枕寒流。

今逢四海为家日，故垒萧萧芦荻秋。

8月28日

王濬是西晋时的名将，曾为益州刺史，请命攻伐东吴，吴国末代皇帝孙皓就此投降。西塞山位于湖北黄石，是长江弯道所经。孙皓曾令人在长江中拉起大铁链，拦截王濬船队，但失败了。

前四句写王濬伐吴时的情形，沿长江顺流而下，一气呵成。好像楼船出发时，孙皓的命运就已经注定；仿佛铁锁拦截的战略一旦失败，投降的旗帜就挂上了城头。后四句切入怀古主题，颈联是说，这样悲壮的故事，在历史上不知道发生了多少次。万事万物都在奔腾变化，只有江水和山峰永远不改旧貌。尾联是说，如今自己四海为家，只见当年故垒都已倾颓，空余下芦荻萧萧，摇曳在秋风中。

结句或许暗喻中唐以后藩镇割据的局面，遂有吊古伤今之意。

- 王濬 [jùn]：西晋名将，曾为益州刺史，请命攻伐东吴，吴国末代皇帝孙皓就此投降。
- 寻：长度单位。“千寻”的“寻”，就是杜诗“酒债寻常行处有，人生七十古来稀”里的“寻”。
- 降幡：投降的旗帜。

明·文伯仁·金陵山水册·石头城

这就是“一片降幡出石头”的那座要塞。到了明代，它已成为一处具有历史感的胜地，进入了画家的视野。

长沙过贾谊宅

唐・刘长卿

三年谪宦此栖迟，万古惟留楚客悲。

秋草独寻人去后，寒林空见日斜时。

汉文有道恩犹薄，湘水无情吊岂知。

寂寂江山摇落处，怜君何事到天涯。

8 月 29 日

诗题为《长沙过贾谊宅》，自然要严格地紧扣贬谪与故居两个主题。前四句写“宅”，并不难懂：找来找去，人已永逝，只剩下一片秋草寒林。后四句写贬谪。世传汉文帝是有道明君，可是对文臣依旧寡恩；湘水无情，此时再来凭吊，贾谊本人也不可能知道了。正是秋日，江山一片肃杀，多么令人惆怅啊！而贾谊当年，正是在这样的惆怅里，独自来到了这片天涯。

迁客骚人，古今同慨。刘长卿凭吊贾谊，何尝不是在同情自己？毕竟他当日也身在长沙。

◆ 贾谊：西汉初年著名的文学家，曾忤怒汉文帝，被贬为长沙王太傅，世称“贾长沙”。三年后文帝又召回了他。还记得五月份学过的李商隐的《贾生》吗？看，同一个故事打动过多少不同的诗人。

◆ 楚客：本指屈原，后来泛指客居他乡之人。

清·黎简·山水册·三

画中人独坐在秋草中，大石上。远方一抹斜阳，半个身子已在山下，“寒林空见日斜时”。

秦州杂诗·其七

唐·杜甫

莽莽万重山，孤城山谷间。

无风云出塞，不夜月临关。

属国归何晚，楼兰斩未还。

烟尘独长望，衰飒正摧颜。

8月30日

此诗作于唐肃宗乾元二年（759）。这一年，关中大饥，夏秋之间，杜甫辞官携家人暂居秦州（今甘肃天水），约有四个月。那里山脉连绵，又是边境，故而荒凉空阔，但见群山峻岭，巍然不动，云遮月照，渺无人声，仿佛是一座空城。当时吐蕃叛乱，久久不靖。杜甫的心也像城市一样空空荡荡，因为胜利的消息始终没有传来。

◆ 属国：汉武帝时，苏武出使匈奴，十九年而归，被封为“典属国”。这句是说，派使者去谈判，久无消息。

◆ 楼兰：古西域国名，遗址在今新疆罗布泊附近。汉昭帝曾派傅介子出兵，斩楼兰王而归。这句是说，出兵攻打，亦未能成功。

明·文徵明·山水图册·六

小人儿坐在右下角，“烟尘独长望”。与他相对，左上角有勾皴的山，淡墨的山，浓墨的山……“莽莽万重山”。

柳

唐·李商隐

曾逐东风拂舞筵，乐游春苑断肠天。

如何肯到清秋日，已带斜阳又带蝉。

8月31日

李商隐咏物，都有寄托。他怀着无尽深情，发出探问：柳树啊，你曾在春日里于高地飘荡，与舞者们共享阵阵春风。你见过美好繁盛，让人销魂的春光。你怎么甘心让自己凋零在秋日里，带着斜阳的余晖，还带着几只哀叫的秋蝉？

如同本月二十五日读过的《临发崇让宅紫薇》一样，此篇写柳，也是借柳的由盛到衰，写人的自壮至老。是啊，经过了蓬勃向上的少年时代，谁又忍心顿然老去呢？

◆ 逐：追着。说柳枝追着东风，是一种拟人手法。
◆ 舞筵：舞蹈时铺地用的席子或地毯。
◆ 乐游春苑：即乐游原，在长安城南，是一片高地，唐人很喜欢到那里游赏。
◆ 断肠：犹言销魂。春日太美好，太动人，令人神魂颠倒。

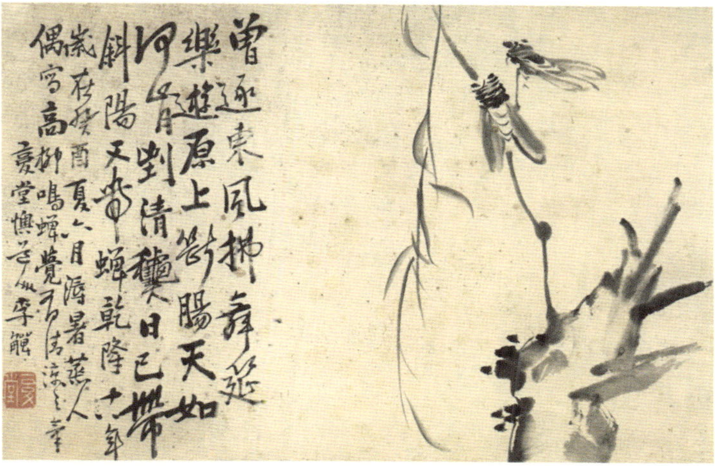

清·李鱓·花鸟册·七

李鱓是扬州八怪之一，画风率性。这一幅当然可以视为诗意图，不过诗和画的“占地面积”已很接近，我们应当把文字部分也当作图像看待。那些拙重可爱的书迹，与柳枝上的知了一起，都在向诗人致敬。

夜泊牛渚怀古

唐·李白

牛渚西江夜，青天无片云。
登舟望秋月，空忆谢将军。
余亦能高咏，斯人不可闻。
明朝挂帆去，枫叶落纷纷。

9月1日

李白一生都钦慕谢尚，东晋已矣，牛渚仍在，风流人物却都不见，字里行间都是怅然。这首诗打破了五言律诗的一般规律，颔联、颈联都不对仗。全篇只写袁宏遇到谢尚的故事，虽是借以感慨自己空有才华，无人欣赏，但含蓄而潇洒，毫无卑怯之感：既然“谢将军听不到我的诗句”，明天就扬帆离去吧。

破空而来，倏然而止，无怪前人赞美这首诗是“羚羊挂角，无迹可寻”。

◆ 牛渚：在今安徽当涂长江边。东晋时，谢尚为镇西将军，镇守其地，常往夜游。某次恰逢高士袁宏在船上讽咏文章，声音清亮，文辞优美，谢尚很是佩服，邀请他聊了一夜。李白所怀的“古”，就是这件事。

（传）明·唐寅·苇渚醉渔图轴

如同许多小诗人模仿名家创作，小画家也会模仿伟大艺术家。从水平看，这幅画离真正的唐寅名作还有些距离，但不失为忠实于其风格的作品。秋月在天，小船儿泊在水上。只是再也没有谢将军。

秋兴八首·其二

唐·杜甫

夔府孤城落日斜，每依南斗望京华。

听猿实下三声泪，奉使虚随八月槎。

画省香炉违伏枕，山楼粉堞隐悲笳。

请看石上藤萝月，已映洲前芦荻花。

9月2日

杜甫身在夔州，日日怀念长安，又从一个怅望的黄昏，熬到了不寐的夜。传说猿声能催人泪下，如今听到，真的哭了起来；传说八月乘槎尚不失期，他只想知道，自己为什么还是不能回到长安！他怀念着尚书省的炉香，却久已睽违；如今徒然趴在枕头上，听着白帝城外的胡笳。他分明知道时间是怎样点点滴滴流逝的，还邀请读者一起看——今夜的明月，已经从低矮的藤萝上越过，升上天空，照到了水边的一片芦花。

“请看”一句，非常感人。他几乎在向我们呐喊：这一点一滴过去的时光，是我朝朝暮暮徒然消耗的生命啊。

◆ 八月槎：出自晋代张华《博物志》。传说天河与海相通，年年八月有小船漂浮来去，从不误时。后借喻如期来往的船。

◆ 画省：指尚书省，汉尚书省以胡粉涂壁，画古烈士像，故称。杜甫曾经在尚书省任职。

◆ 堞：指白帝城上的短墙。

清・王时敏・杜甫诗意图册・六

王时敏这一套诗意图，严格遵守原诗意蕴，只用典型的个人风格来展现他对原作的理解。藤萝月，芦荻花，都在眼中。

登乐游原

唐·杜牧

长空澹澹孤鸟没，

万古销沉向此中。

看取汉家何事业，

五陵无树起秋风。

9月3日

阅读古诗词时，要精读优秀选本，也要争取浏览著名诗人的全集，把握他们的全貌：我们熟悉杜牧风流浪漫的一面，却不大有机会读到他清醒而悲哀的诗。在高高的乐游原上向远处眺望，但见一只鸟儿孤独地飞向苍茫世界，终于看不见了。一代代人也是如此，在命运之海里颠簸浮沉。于是他问：帝王贵胄的坟墓尚且荒芜，连棵树也留不下来。哪有什么能够永恒？诗人激动又难过，几乎要哭了。

◆ 乐游原：长安（今陕西西安）是汉唐两朝都城，乐游原故址在城南，地势颇高，曾是游览胜地。

◆ 澹澹：广阔无边的样子。

◆ 五陵：原指五位汉代帝王的陵墓，后来成为地名，称五陵原，均在渭水北岸今陕西咸阳市附近。具体指汉高祖刘邦长陵，惠帝刘盈安陵，景帝刘启阳陵，武帝刘彻茂陵和昭帝刘弗陵平陵。

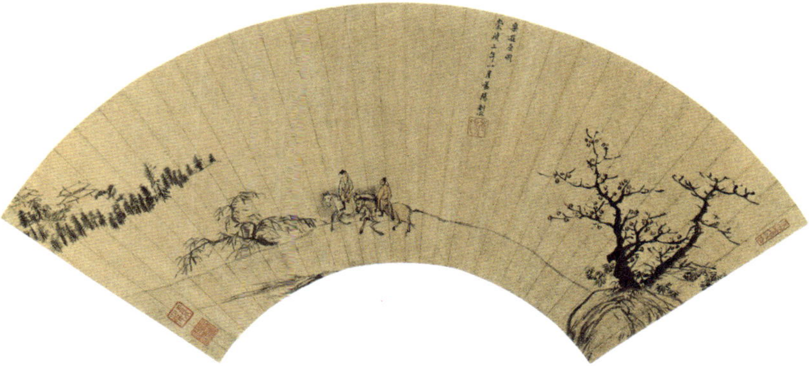

明·程嘉燧·乐游原图扇页

近景两人骑马，着唐人衣冠。左右各一株秋树萧萧。远景只在扇面左侧，宫殿巍峨。此外是一片空空荡荡的平野。汉代帝王的五座陵墓——以及汉朝的辉煌历史——就在这虚空之中。

于易水送人

唐·骆宾王

此地别燕丹，

壮士发冲冠。

昔时人已没，

今日水犹寒。

9月4日

战国末期卫国人荆轲，受燕太子丹所托，前往秦国刺杀嬴政。所有人都知道，此行无论成败，荆轲必定无法生还了。所以临别之际，太子丹及宾客都穿着白衣，在易水边为他送行。荆轲唱着“风萧萧兮易水寒，壮士一去兮不复还”，远行而去。这个故事记载在《史记》中。

转眼到了初唐，骆宾王又来此处送行。说是送人，实则近于怀古。英雄的往事已不可追，易水依然是一道寒流。

清·吴历·人物故事图册·荆轲

这套《人物故事图册》，画的都是史书中的人物故事。图中一幕正是荆轲出发时的场景。

后宫词

唐·白居易

泪湿罗巾梦不成，
夜深前殿按歌声。
红颜未老恩先断，
斜倚熏笼坐到明。

9月5日

唐代颇有些宫怨主题的作品，基调以同情为主，白居易也创作了不少，而这是最著名的一首。深宫女子没有自由，要么期待着承宠，要么哀叹失宠，因为她们的一生，已经没有其他可能。这首诗层层深入，递进与转折相兼。说“梦不成”，便知道她又迎来了一个无眠的夜；说“按歌声”，更确信帝王已经有了新欢，自己已经没有希望。

这是一片凄凉的黑夜。从君王的前殿到她的居所，要走过几重宫阙呢？这深宫究竟有多广大呢？在深广的囚笼与无边的寂寞里，她的依靠居然只是一架熏笼。

◆ 按歌：按音乐而歌。
◆ 熏笼：与熏炉配套使用的笼子，古人常用这套工具熏香、烘烤衣服、取暖。

明·陈洪绶·斜倚熏笼图轴

“斜倚熏笼坐到明”，这几乎是陈洪绶笔下最为优美的人物画了。画中的意蕴分明比诗里更多：她有了孩子，由侍女领着玩耍；屋里挂着一架鹦鹉，她仰着脸，听它说话，打发时间。

题李凝幽居

唐·贾岛

闲居少邻并，草径入荒园。
鸟宿池边树，僧敲月下门。
过桥分野色，移石动云根。
暂去还来此，幽期不负言。

9月6日

这首诗与“推敲”的典故一起流芳百世，而它本身的好处却少有人愿意体会。其实本诗在扣题方面就很严格。既为幽居，就要突出李凝居所的荒僻与沉静。那里少有邻居，夜幕已经垂落，鸟都安睡，云气野色相映成趣。完全没有声音的时候，未必能感到静谧；是和尚的敲门声反衬了这静谧，让这个小世界更加岑寂。

末尾两句也很可爱，像是留给主人的便条：你既不在，我就回家啦。下次再来，绝不失言。如此平实温和的结尾，正不负一片静谧风光。

◆ 邻并：邻居。

明·盛茂烨·唐人诗意图册·三

“鸟宿池边树，僧敲月下门”，和尚的背影分明在画中央。

白露

初候，鸿雁来。

大雁一路向南飞，来到了我们眼前。诗人有时候相信它在替远隔千里的人们捎信，有时候又抱怨它并没有把那封牵挂良久的家书带来。还有些时候，他们惋惜雁也飞走了，只留下『星月满空江』。

二候，玄鸟归。

燕子也往南方飞去了。大雁在前，诗人还会注意小小的它吗？当然。杜甫眼巴巴地看，『清秋燕子故飞飞』。司空图殷勤地说，留下吧，『何必千岩万水归』。

三候，群鸟养羞。

羞，就是粮食。鸟儿为过冬做准备，储藏食物的劳作开始了。

月夜忆舍弟

唐·杜甫

戍鼓断人行，秋边一雁声。

露从今夜白，月是故乡明。

有弟皆分散，无家问死生。

寄书长不达，况乃未休兵。

9月7日　白露

白露到了。杜甫在明月下，听到了戍鼓声与雁鸣声。古人曾以成行的大雁譬喻兄弟，而这只孤雁提醒杜甫，他和弟弟们分开太久了。

颔联把“白露”“明月”两词拆开，安顿在诗句的开头和结尾，非有高超的语言组织能力不可，也是律诗中的创格。同时，这一联还是“无理而妙”的代表，哪有真正白色的露水呢？哪有在某一夜格外明亮的月光呢？不过是真正的秋意开始弥漫，使他猛然意识到，自己又一年没能返回故乡。

“月夜”与“舍弟”，是诗题里的两个要素。于是颈联把视野从高高的天空中收回来，落在满目疮痍的大地上。杜甫有三弟一妹，因战乱各自分别。亲人们都不在一起，自然没有家了，到哪里去问他们的音信呢？写信总是很难寄到，已经非常悲惨。最后收笔，又用“况乃”二字，重重渲染，让憾恨更痛切深沉。

清·吴万·仿古山水图册·一

画家的匠心真可爱：只有一只大雁在秋夜中起飞，大片的留白都是为了它。

月

唐·李商隐

过水穿楼触处明，藏人带树远含清。

初生欲缺虚惆怅，未必圆时即有情。

9月8日

“月是故乡明”，是一笔直写；放在整篇之中，恰到好处。可若要通篇描写月亮，光靠直笔远远不够。李商隐是个聪明人，这首小诗的前两笔，都是虚写。他尽力描摹月下的景物，水和楼都更明亮了，人和树都更清澈了。于是，我们反着想一想，就能猜到那月光多么澄澈又温柔。

后两笔转为实写，却仍不是写月亮，而写望月的人如何想。初生的弦月幼弱细瘦，令人怅惋。可“怅惋”只是人的感情投射在月亮上罢了。作者最后问：难道圆月就会有情于人间吗？于是，我们又顺着想一想，得到了答案。

明·彭年、钱谷·书画合璧卷（局部）

看画儿，水底正有一轮明月。有人倚杖靠门，望着它。

月

唐·杜甫

天上秋期近，人间月影清。

入河蟾不没，捣药兔长生。

只益丹心苦，能添白发明。

干戈知满地，休照国西营。

9月9日

旧注以为此诗当作于至德二年（757）七月，当时正逢安史之乱，两京尚未收复，唐军一度战败，驻扎在武功县。

比较唐人的“同题写作”，很有意思。同是写月，同样虚虚实实，五律比七绝要多些空间。对于这首诗，明末清初的金圣叹的解读最佳。他说，一二两句，是写见月。三四两句，是在赞月，赞叹它长生不老，永不消失。五六两句，是在骂月，因为它无情无义，照着这个充满了苦难的人世，照着一个忧愁痛苦、白白衰老的诗人。七八两句，是在“戒月”——告诫它，请不要这样无私地朗照下界了，至少不要照到军营里，让兵士们望而生悲。那里的许多战士，这个秋天还无法归家。

◆ 蟾、兔：一些古人相信月亮里住着一只蛤蟆，另一些相信兔子才是月宫的常客。这些信仰的来源都比较早，且不完全一致。

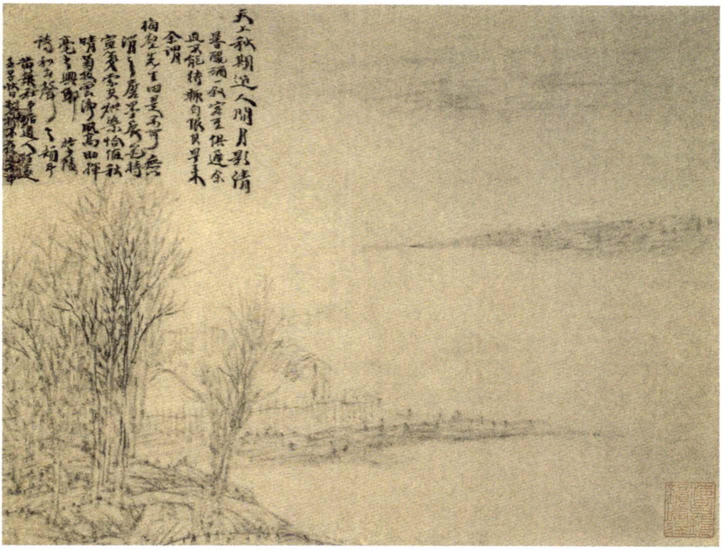

清·程邃·山水图册·十

“天上秋期近，人间月影清”，诗句题写在画面左端。

早秋三首·其一

唐·许浑

遥夜泛清瑟，西风生翠萝。
残萤栖玉露，早雁拂金河。
高树晓还密，远山晴更多。
淮南一叶下，自觉洞庭波。

9月10日

自夜至晨，早秋在一切细节里。晚上空气清新，西风初起；凌晨残萤犹在，早雁低飞。早晨天光大亮，分明看见乔木的树叶还很浓密，远山一片晴朗。

《楚辞》与《淮南子》中，都有一叶落而知天下秋的典故，结句妙在精巧地化用了它们，却不刻意。毕竟，早秋时节，零星的落叶该是实景。尽管此刻一切都还劲健清新，可只要第一片树叶开始飘落，就能使人想到岁华终将向晚，秋风又要搅动烟波。

◆ 清瑟：有两解。可以指清亮的瑟声，也可以指清新鲜明的感觉。

◆ 金河：即银河，古代五行观念认为秋天属金，所以这样说。

明·盛茂烨·唐人诗意图册·一

“高树晓还密，远山晴更多”，小人儿在船上漂荡着，欣赏秋光。

观放白鹰

唐·李白

八月边风高，
胡鹰白锦毛。
孤飞一片雪，
百里见秋毫。

9月11日

猛禽高飞的姿态十分鲜活：秋日高风托起了它，边疆旷野映衬着它。平旷而渺远的大地上，有人抬起头来仰望着它。空气明净，四野开阔，它的身子白如雪，飞得再远也纤毫毕现。

五言绝句如此短小，如果一味咏物，空间常常不够。所以作者毫不犹豫地选择了夸张。事实上，“秋毫”恐怕不可见，就连“一片雪”恐怕也难以定位。可如此强调，就突出了它的矫健和鲜洁。

◆ 秋毫：鸟兽在秋天新长出来的细毛。

清·迟煓·鹰图轴

“一片雪”停下了，请大家仔细数秋毫！

九月十一日

望洞庭

唐·刘禹锡

湖光秋月两相和，潭面无风镜未磨。

遥望洞庭山水翠，白银盘里一青螺。

9月12日

刘禹锡这首诗作于其任和州刺史之前，即唐穆宗长庆四年（824），当时他正要从重庆去往安徽。

他必定是在很高的地方俯瞰着，所以见到湖光与秋月相互映衬，水面细波泠泠，像一块没有磨平的大镜子。这比喻已经很新巧了，可还未足以描摹整个儿的风光。于是他又说：看那远处的小山尖，就像银盘里的一颗青螺。

唐人歌咏洞庭湖的诗篇非常多。要知道，诗人们也是有竞争压力的，不能抄袭，只能一再地超越前人。湖水已经被描写了太多次，刘禹锡另辟蹊径，引我们眺望湖心的一点君山。这首诗是它的高光时刻。平视它，宛在水中，风姿楚楚；俯视它，像造化的点缀，纤巧玲珑。

（传）宋·牧溪·洞庭秋月图页（局部）

好风景打动诗人，也打动画家。洞庭山水，在每一个人心中。

九月十二日

罢和州游建康

唐 · 刘禹锡

秋水清无力，寒山暮多思。

官闲不计程，遍上南朝寺。

9月13日

和州，在今安徽和县、含山县一带。长庆四年（824），刘禹锡从夔州转任和州刺史，路上经过洞庭湖，写下了《望洞庭》。三年后是大和元年（827），他改官主客郎中分司东都，又要启程了。建康是南京的别称，离安徽不远。从诗题来看，此篇应作于改官之时。看，“行万里路”，确实有助于作诗。

罢官之后，公务暂歇，终于不用按着期限赶路，这就是“官闲不计程”。南京是六朝古都，古刹林立。南朝四百八十寺，他都还没有仔细看过，且去尽情登览。秋日黄昏，水色清澄，山光起人思致。

在他跌宕起伏的一生里，激进昂扬都不少见，这样安静的小诗却不多。

清·樊沂·高松峭壁图轴

秋水寒山之中，小人儿拄杖登山，正要去往高处的山寺。

水宿闻雁

唐·李益

早雁忽为双，惊秋风水窗。

夜长人自起，星月满空江。

9月14日

如果问“古诗词美在哪里”，想要笼统地回答并不简单。不过，如果要举出美丽的作品为例，这一首当之无愧。秋天了，一双大雁飞来了。人在屋子里，临着窗儿，听风听水，看着它们。夜太长，屋里的人儿睡不着了。他再度望向窗外，大雁早已飞走，空荡荡的江面上，只有一片星月清光。

如此安静，如此惆怅。秋意和孤独，使人神骨俱静。

◆ 水宿：指在舟中或水边过夜。

清・边寿民・芦雁图册・二

一双大雁缓缓游过了芦苇丛。

十五夜望月寄杜郎中

唐·王建

中庭地白树栖鸦，
冷露无声湿桂花。
今夜月明人尽望，
不知秋思在谁家。

9月15日　中秋

这是唐人咏中秋月的名篇。月光明亮，人所共知。亮到什么程度？低头但见满地银白，仰头又见树上栖鸦，历历可数。这一夜，作者久久伫立，直到露水打湿桂花。望月的人必定很多，但谁是抱着愁思去看月亮的呢？这是个没有答案的问句，可我们猜到，大概是落在他自己心上了吧。

茫茫人海之中，独自看月亮，这一年的中秋节，诗人应是未能与亲友团圆。

◆ 思［sì］：愁思。古代汉语中，此字表达“愁、悲”等意思时，读去声。

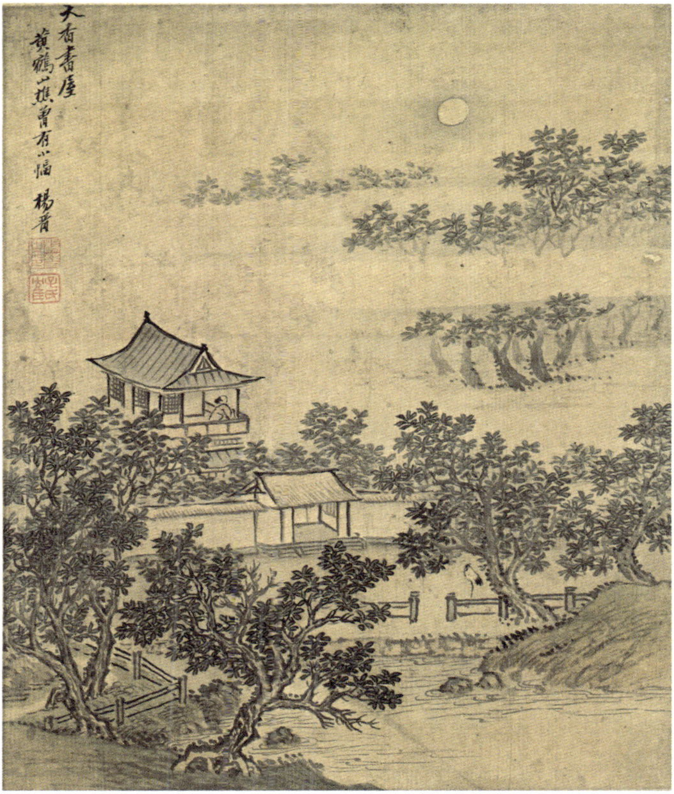

清 · 杨晋 · 仿古山水图册 · 七

高楼上，轩窗中，圆月下。小人儿独自仰首。只有一只仙鹤，在右下角陪着他。

汉江临泛

唐·王维

楚塞三湘接，荆门九派通。

江流天地外，山色有无中。

郡邑浮前浦，波澜动远空。

襄阳好风日，留醉与山翁。

9月16日

我们反复说过，大诗人往往有好多不同的笔墨，这是由其能力决定的。此诗一改沉静内敛的典型面貌，写湖北襄阳汉江景色，豪纵开阔，通篇带着风起云涌之势。首联大开大合，整个荆楚地区被山水之势笼结在一起，成了一片苍茫广阔的大地。颔联紧承首联而来，第三句承第二句，说九脉汇流的江水，无远弗届；第四句承第一句，说江在近处，山在极远处，若有若无。四句合一，是一片天长地阔的浩瀚景象。

远眺就此结束，颈联又把视野收到近处。江水浩荡，城市仿佛漂浮在水上；江流汎澜，天空好像也为之摇荡。虽然稍稍具体，气势仍旧不输。到结句直抒胸臆：这里的风景实在太好了，真想起古人于地下，和山简一起大醉一场啊。

◆ 三湘：今洞庭湖南北、湘江一带。

◆ 九派：长江在湖北、江西一带分为很多支流，因以九派称这一带的长江。

清・文点・荆楚诗意图册・秋江泛艇

所谓荆楚，即今日两湖一带，也正是“楚塞”“荆门”所在的地方。江面宽阔，云气蒸腾，许多小船儿里，定有许多小人儿。他们都在珍惜“好风日”，尽情遨游。

吹笛

唐·杜甫

吹笛秋山风月清，谁家巧作断肠声。

风飘律吕相和切，月傍关山几处明。

胡骑中宵堪北走，武陵一曲想南征。

故园杨柳今摇落，何得愁中曲尽生。

9月17日

对自己有要求的作者，都会反复锤炼技艺。杜甫就是一位技术至上的诗人。本篇用了一种“分承”之法，或者可以理解为律诗里的总分结构：第一句说“风月清”，三四两句就分别以风与月开头。风把笛声送远了，曲子大约是《关山月》。笛声让人想到历史，也从历史回到现实——唐王朝的战乱平息了吗？没有。到最后笛曲一变，换了《折杨柳》，又使作者想起家乡。

李白的《春夜洛城闻笛》后两句是：此夜曲中闻折柳，何人不起故园情。可见这首曲子，在唐代相当流行。

怎样，是否感到知识是普遍联系的，体会到了融会贯通的快乐？

元·盛懋·沧江横笛图轴

水畔风中，石上树下，有人吹起了笛子。

题金陵渡

唐·张祜

金陵津渡小山楼，一宿行人自可愁。

潮落夜江斜月里，两三星火是瓜州。

9月18日

优美的东西并不总让人喜悦，有时它也唤起哀愁。行将渡江，暂居山楼，张祜看到了渡口清寂的夜色。“可愁”，是说眼前的风景足以唤起愁思。但这愁并不强烈，只使人安静，而不至于痛苦。他从长江南岸眺望北岸，目送着潮水在月色中缓缓落下，又于微茫光线中看见远处的几点灯火，心里知道那就是瓜州。

这是一个深夜不寐的游子。看风景之余，或者他也在思念着什么。

◆ 金陵渡：在今江苏镇江，不在南京。

◆ 山楼：山间楼阁。

◆ 瓜州：在今江苏扬州。

元·盛懋·秋江待渡图轴

一江两岸，是元画经典面貌。左下角的行人，等着右上角的船儿过来摆渡。对岸的水驿却在画面之外了。

秋夜寄丘员外

唐 · 韦应物

怀君属秋夜，散步咏凉天。
空山松子落，幽人应未眠。

9月19日

人类的情感世界极为丰富，淡淡的思念未必不动人。只是一个“此时此刻，你在做什么呢”的简单问题，却要慢慢悠悠地说出来。“这个秋夜里，想起了你。我在凉思中散步咏诗，这凉风应该也吹到了你住的山里。松子落下的声音很清晰吧？你应该没有睡着吧？”

全篇落笔非常克制，气氛宁静而隽永，但思路清晰：因为凉风，想到它可能吹落松子；因为松子落下的声音，想到对方可能听得见，睡不着。

◆ 属［zhǔ］：正当，恰逢。

清·虚谷·山水册·二

秋天了。树叶黄了。林木疏了。野草长了。小人儿在林中，“散步咏凉天”。

山居秋暝

唐 · 王维

空山新雨后，天气晚来秋。

明月松间照，清泉石上流。

竹喧归浣女，莲动下渔舟。

随意春芳歇，王孙自可留。

9月20日

这是一首很简单的诗，我们又见到了那个安静如画的王维，他的世界里好似只有一片风景。但细看这风景并不全然安静，它是摇曳多姿的。

此前说过，读律诗要注意动词的位置。颔联的“照”与“流”安顿在最后，便显得沉静轻灵。可颈联有了变化。“归”与“下”移到了句中，静寂已被打破。有什么声音响起来了，什么物事移动了，吸引了我们的目光。可这偏偏是个倒装句，需要猜一猜谜。先听到竹子摇动，才知是浣纱女归家去；先见着莲叶摇动，方见小船儿从叶底划出来。原来“人”，是这样巧妙又不动声色地走进画面中的。

请设想一下，若改为平常顺序，这句话将变为“浣女归喧竹，渔舟下动莲”。啊，太笨拙，太鲁莽了，简直辜负了这片好山水。

明·邵弥·山水图册·一

“清泉石上流”。

题桃树

唐·杜甫

小径升堂旧不斜，五株桃树亦从遮。

高秋总馈贫人实，来岁还舒满眼花。

帘户每宜通乳燕，儿童莫信打慈鸦。

寡妻群盗非今日，天下车书正一家。

9月21日

草堂门前有五株桃树。本来，通向屋里的路是直路。如今被树遮断了，也任由它。这些树多么可爱啊！秋天结了果，是穷人充饥的恩物；春天开了花，又让人心情愉快。要爱护飞到屋里的乳燕，也要善待乌鸦，不要赶走它们。

杜甫有一颗仁心。他但愿桃树好好长大，乌鸦燕子自在飞翔，人民能够平安顺遂地生活。他盼着大家都好，希望战乱后的国家能重新凝聚起来。

◆ 从：任凭，任由。

◆ 慈鸦：传说乌鸦能反哺，故称为慈鸦。“儿童莫信打慈鸦”，是劝告孩子们不要随便驱打乌鸦。信，任意。

◆ 寡妻群盗：群盗杀人，使人间多了很多寡妇。

◆ 车书：《礼记·中庸》有云：“今天下车同轨，书同文。”意思是车乘的轨辙相同，书牍的文字相同，表示文物制度划一，天下一统。

（传）明·仇英·蟠桃仙会图卷（局部）

画中有一群女子，正在努力摘桃子。这类传为仇英等名家所作的青绿山水图卷，有很多作品留存后世。其实往往是明清时期苏州地区的绘画作坊出品，带有明显的商业目的。

听蜀僧濬弹琴

唐 · 李白

蜀僧抱绿绮，西下峨眉峰。
为我一挥手，如听万壑松。
客心洗流水，余响入霜钟。
不觉碧山暮，秋云暗几重。

9月22日

此诗全篇都带着风势。这位挟琴下山的蜀僧，仿佛从高山上飘飞而下；弹起琴来，又好比满山松树在风中婆娑作声。这琴声如流水洗净了人心，且远远回荡，与黄昏的山寺钟声相互呼应。曲终之际，听众才惊觉天色已晚，黯淡的秋云满布天空。

李白的比喻清新动人。说琴声像万壑松声，不只模拟了古琴曲的音色，更仿佛声音在一瞬间里响彻了群山。他的句式也跌宕可喜。“客心洗流水”，分明是说听众的心像被流水洗净。这里用了倒装句法，“洗”的动作猛然凸显，分明衬托出了音乐净化心灵的力量。

这位大师弹了什么曲子呢？是《风入松》，还是《流水》？今人不妨放纵想象。

◆ 绿绮：传说是司马相如的琴。司马相如是蜀人，诗里弹琴的和尚也是蜀人，仅此一处，便可看出作者用典的匠心。

清·上睿·携琴访友图卷

碧山锦水之中，有人带着琴过桥去，正准备对着朋友演奏一曲呢。

秋分

初候，雷始收声。

随着天气系统的变化，动荡不安的大气层渐渐趋于稳定。打雷之类的事情少了。

秋分，意味着秋天已经过去了一半。度过这昼夜平分的一天后，夜晚就要慢慢拉长。

二候，蛰虫坯户。

虫子开始做蛹，准备过冬。

物候系统关心的范围很广，飞禽、走兽、虫鱼、草木，每一类事物的变化都值得关注，而人，就渴望在这永恒的变化里总结经验，找到规律，把它一代一代地传递下去。

三候，水始涸。

自然界的水，本来在地球上循环不休。可秋日雨少，江河湖泊看起来趋于枯涸。

记叙文字简单平直，需要诗人的妙手来点化。孟浩然会说：『水落鱼梁浅，天寒梦泽深。』

晚晴

唐·杜甫

返照斜初彻，浮云薄未归。
江虹明远饮，峡雨落余飞。
凫雁终高去，熊罴觉自肥。
秋分客尚在，竹露夕微微。

9月23日　秋分

秋分了。秋天已过去一半。大历元年（766）秋天，也正是创作出《秋兴八首》的那个年头，杜甫身在夔州，苦苦思念长安。他也想看看风景，好好欣赏一下半晴半雨的峡江景色。然而大雁已经高飞，山中的动物们都已经贴上秋膘准备过冬。自然界骤雨初晴，云蒸霞蔚，规律地运行着，连动物都知道应该为下个季节做好准备。

只有他还在异乡作客，回不了家。从黄昏熬到夜里，从春初等到秋天。

◆ 江虹明远饮：彩虹横跨在江上，好像在下垂吸水。
◆ 客：作者自指。

明·孙克弘·销闲清课图卷·十（局部）

画中有竹林中的小屋，也有主客相向作揖。正是诗中末句意思。

望洞庭湖赠张丞相

唐·孟浩然

八月湖水平，涵虚混太清。

气蒸云梦泽，波撼岳阳城。

欲济无舟楫，端居耻圣明。

坐观垂钓者，徒有羡鱼情。

9月24日

农历八月正是公历九月。这是一首向高位者表达心愿的诗。诗题中的张丞相，当为张九龄。开元二十五年（737），他由右丞相被贬为荆州长史。

孟浩然把洞庭湖写得汪洋如海，气势雄强，好像一片能够大展身手的天地。他想要越过这片汪洋，苦于没有船儿来摆渡；若在盛世里蛰居不出，又深觉有负时代的召唤。他把张丞相比作垂钓的人，希望自己是湖中的鱼，有朝一日能够得到垂青，被他钓起来，就此飞跃龙门。

向上位者投赠诗文，为自己争取机会的行为，在唐代非常普遍，可是这种诗很容易流于猥琐。此篇气度宏大，取譬切近，是一个正面的例子。

◆ 涵虚：天空倒映在水中。

◆ 舟楫：比喻宰辅之臣。《尚书》中有“若济巨川，用汝作舟楫”的话，意思是说，丞相辅佐帝王，就像船和桨帮人渡过大河。诗是送给张丞相的，用这个典故为譬喻，极为恰切。

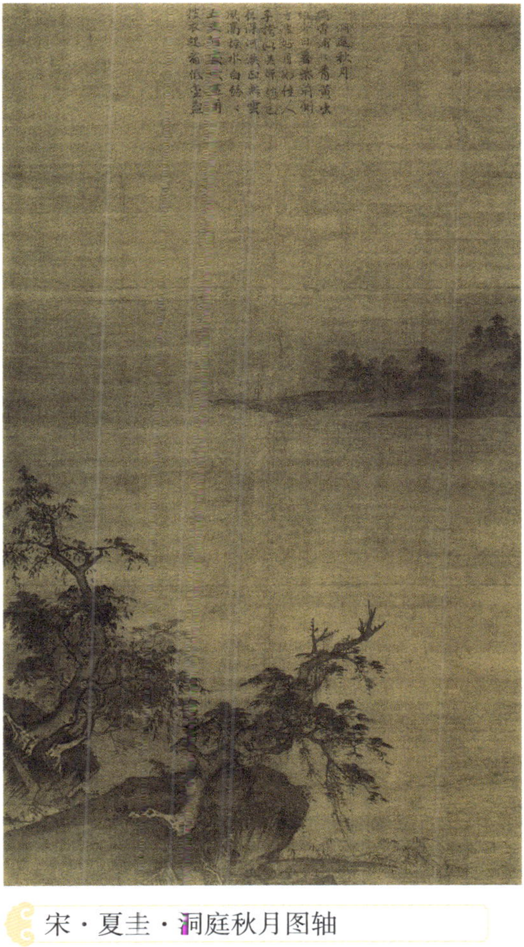

宋·夏圭·洞庭秋月图轴

截至目前，我们已经在诗与画中见过了许许多多的洞庭湖。孟浩然一生遭际坎坷，科举不中。张九龄虽然帮助了他，可这“涵虚混太清”的湖水，到底没能托着他直上青云。

使至塞上

唐·王维

单车欲问边，属国过居延。

征蓬出汉塞，归雁入胡天。

大漠孤烟直，长河落日圆。

萧关逢候骑，都护在燕然。

9月25日

开元二十五年（737），河西节度副大使崔希逸战胜吐蕃，唐玄宗命王维任监察御史，出塞宣慰。这首诗就是那时所作。这是真正展示王维实力的作品。从长安到边塞，这条长路只是一句话：像飞蓬一般飘离了都城，就随着大雁，来到了胡地。含蓄，干脆，虚实相生。

他看见无风的大漠里，烽烟笔直而上；了无遮挡的黄河上，夕阳浑圆。他要对长官完成宣慰的使命，骑兵却告诉他：都护不在营中，他未曾松懈，至今还在前线。

“直”与“圆”，确实是了不起的形容。它们简单而精准，几乎并不修饰所要形容的对象。放在风景连成一片的江南，这样遣词可谓笨拙；但放在大漠里却非常可贵。它们恰好说明了那里的荒芜与开阔，甚至证明了那里的枯寂：孤烟与落日，仿佛不会变化，亘古如斯。

◆ 居延：在今甘肃张掖县西北。
◆ 征蓬：飘蓬，泛指远行的人。
◆ 候骑［hòu jì］：担任侦察巡逻任务的骑兵。
◆ 都护：官名。为了防卫边境与统治周边民族，唐朝在边境设立了一些都护府。都护府的长官，即为都护。

明·王守谦·千雁图卷（局部）

“归雁入胡天”。

秋时送郑侍御

唐·张祜

离鸿声怨碧云净，楚瑟调高清晓天。
尽日相看俱不语，西风摇落数枝莲。

9月26日

离别是永恒的主题。我们已经读了许多同题作品，有了相当多的知识，知道有些作者喜欢写离去的人，有的更愿意刻画送行者；有些作品直抒胸臆，另一些作品更多的要靠景物烘托，不过，唐诗的面貌极为丰富，还有许多笔法，可能出人意表。

这首诗里，主客两人，出场时间很长，“尽日”。所做的事极简单，“相看俱不语”。离别的这一天，一句话就交代完了。剩下三句要做什么呢？要把烘托的手法用到极致。蓝天白云的大清晨里，孤雁啼鸣，瑟声高响。几朵荷花在西风里凋残。这些意象都在努力点题，也在暗示离别的心情：有一点“怨”，和一点“摇落”。

◆ 离鸿：离群的大雁。
◆ 楚瑟：楚地的瑟声。

宋·佚名·莲池水禽图轴

西风里，莲花已经落瓣。此作旧题为五代南唐时顾德谦所作，实际上应该不是，依风格判断，当为宋代民间画家作品。

将发

唐·李贺

东床卷席罢，濩落将行去。

秋白遥遥空，日满门前路。

9月27日

行旅是一个漫长的过程。读了送别的诗，再来读一读征人独自上路的诗。李贺作诗素来以奇闻名。写一段孤独的旅程，竟然没有使用各种意象来烘托气氛。他只是说：收拾好了行李，郁郁不得志的我终于要出发。高高的秋空底下，是我将要行走的路。谁也不来送我，路上空空荡荡，只有一片白晃晃的日光。

◆ 发：出发。

◆ 濩［huò］落：沦落失意的样子。

清·汪士慎·山水图册·七

木叶丹黄，云白山青，小人儿独自上路。

九月二十七日

夜宿湓浦逢崔升

唐・张祜

江流不动月西沉，南北行人万里心。

况是相逢雁天夕，星河寥落水云深。

9月28日

俗话说“伤春悲秋”，这两个季节确实最常入诗。送别和独行之后，客途中也有相逢。

张祜是晚唐著名诗人，此篇极见其功力。第一句说明了时间和地点：就要西沉的月亮照在平静无波的长江上。这句诗暗示作者一夜未眠。第二句解释原因。为什么没有睡呢？因为南来北往的行客在此相遇了。他们从万里之外来，或者要到万里之外去。天地阔大，道路无尽，偶然相见，十分难得，必然要说说这万里路上的心情。

“况是”，第三句推进一层。这场相逢，是在秋雁高飞的夜晚，归家的大雁反衬着两个回不去的人，他们的心情只会更落寞。大雁走后，长谈过后，天已近明。满天星斗都黯淡了，远方只是一片云水相依。

◆ 湓浦：地名，在今江西九江，临近长江。那也是白居易遇见琵琶女，写下《琵琶行》的地方。

清・黎简・山水图册・八

两个小人儿相见了——在沉沉的江水畔，在一轮明月下。

九月二十八日

野老

唐·杜甫

野老篱前江岸回，柴门不正逐江开。
渔人网集澄潭下，贾客船随返照来。
长路关心悲剑阁，片云何意傍琴台。
王师未报收东郡，城阙秋生画角哀。

9月29日

此诗作于唐肃宗上元元年（760）秋天。当时安史之乱尚未平定，长安附近均未光复。杜甫身在乡关，心在庙堂。眼前是曲曲折折的江岸，忙忙碌碌的商人和渔夫。剑阁奇险，出蜀艰难，他无法回到家乡；他像天空中的一朵孤云，停在琴台上空，不能离去。又是一个新的秋天了，还没有胜利的消息传来。只有角声久久回荡在城市上空，吹得人满怀哀伤。

◆ 回：曲折。

◆ 剑阁、琴台：都是四川地名。剑阁是入蜀的栈道，琴台为司马相如和卓文君当垆卖酒之处。

◆ 东郡：长安以东的地方。

◆ 城阙：指成都。至德二年（757），升成都为南京。

清·罗聘·剑阁图轴

这是清人想象中的剑阁。

九月二十九日

秋扇词

唐·刘禹锡

莫道恩情无重来，人间荣谢递相催。

当时初入君怀袖，岂念寒炉有死灰。

9月30日

用扇子的命运譬喻人的命运，是古代诗人的一大发明，最初也许出自西汉班婕妤《怨歌行》。她说，夏天的扇子很有用，像受宠的自己一样。可她知道帝王的宠爱并不长久，譬如有一天入了秋，扇子没有用了，就会被主人扔在箱子里忘记。

此诗也借秋天的扇子来讲人情冷暖的现实，但比《怨歌行》意味更加深长。前两句说，秋天了，我暂且派不上用场了，可明年还有夏天。“风水轮流转”，目光不要过于短浅，急着把我抛弃。这仿佛是扇子劝人的话。后两句说，可是刚到夏天，被你笼在袖子里，久久相伴时，我这把扇子，却也不曾想到还有凛凛寒冬，那时可能会被你扔进炉子里烧成灰呢。这又仿佛是扇子的自嘲。

夏天的扇子，冬天的扇子，可以譬喻多少人的聚散离别。

◆ 荣谢：繁荣和凋谢。

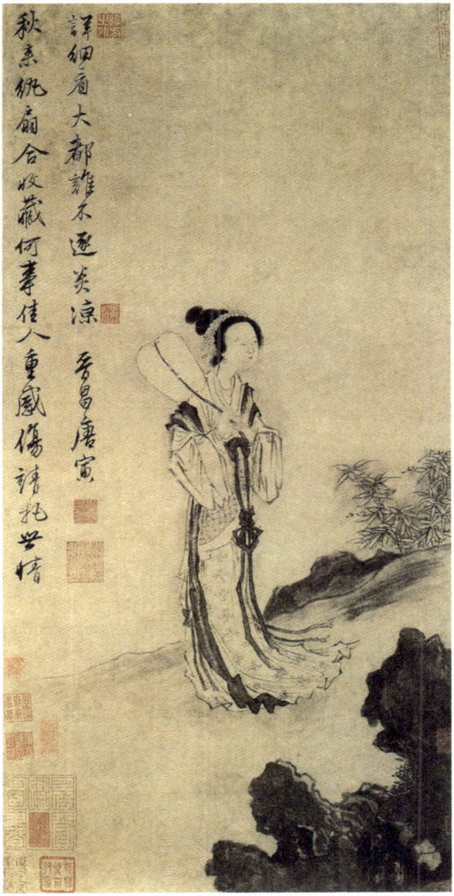

明·唐寅·秋风纨扇图轴

秋扇的意象深入人心。像唐寅这样的文人画家，当然也有诗心。他笔下的姑娘，紧紧擎着那一柄长扇子。是在向历史典故致敬，也是在为自己的命运发出悲慨。

秋词·其二

唐·刘禹锡

山明水净夜来霜，数树深红出浅黄。
试上高楼清入骨，岂如春色嗾人狂。

10月1日

秋天的颜色是什么样的？倘若天气晴爽，便是一片通透，能见度极高，“山明水净”。一夜秋霜后，几棵秋树抢先变作深红色，在浅黄的伙伴中分外显眼。登楼一望，万物明净澄澈。刘禹锡说，这秋色比春光更可爱，它不诱人迷醉，但能使人精神振拔，豁然开朗。

《秋词》共有两首。其一是脍炙人口的“自古逢秋悲寂寥，我言秋日胜春朝”。喜欢秋天的诗人未必少，可刘禹锡公然站出来，抢先说了，成了第一个把女人比作玫瑰的天才。事实上，我们应当有这样的认识：文学欣赏是趣味问题，也是水平问题。在一定水平线以上，大家的能力并不悬殊。在作诗这个比赛项目上，有时只看谁先跑出一步，先把那个“人人心中所有，笔下所无”的好意思写出来。

◆ 嗾［sǒu］：教唆，唆使。

清·汪士慎·山水图册·二

“数树深红出浅黄”。

咏怀古迹五首·其一

唐·杜甫

支离东北风尘际，漂泊西南天地间。

三峡楼台淹日月，五溪衣服共云山。

羯胡事主终无赖，词客哀时且未还。

庾信平生最萧瑟，暮年诗赋动江关。

10月2日

《咏怀古迹》是一组吊古伤今的诗，这一首是凭吊南北朝文人庾信的，所谓“古迹”，可能是他的故居。庾信本是南朝梁时人，流落北朝，不能回到故乡；正如杜甫漂泊蜀地，不能回到长安。

因此开篇就用了对偶，以“东北”“西南”属对，写出孑然一身，在天地间飘荡游离的命运。这是他们两人共同的命运。安史之乱以后，杜甫辗转长安、鄜州、凤翔、华州、秦州，经同谷入蜀，住成都五年，然后经梓州、阆州、云安而至夔州。我们要认识到，这两句诗一点也没有夸张。它的沉郁和悲壮，完全基于事实。

“西南天地间”，山高水深。日月流逝，无法还朝，杜甫只能与服饰不同的异族人民共处边陲。他深知乱臣贼子必定没安好心，却徒然感时伤世，无力还家。因此颔联、颈联，几乎是舍庾信而自抒胸臆了。作此诗时，他已经四十余岁，在古人的世界里，确实已经趋近暮年。如同暮年的庾信，徒然以《哀江南赋》出名；杜甫觉得自己一生的抱负都没有施展，只是白白留下了无数震撼人心的诗篇。

明·宋懋晋·杜甫诗意图册·一

“五溪衣服共云山”并不易画，所以图中只是“三峡楼台淹日月”。高高的山上，有高高的栈阁和平台；低处一片流水，树枝树叶渐渐染上了秋色。

晚次鄂州

唐 · 卢纶

云开远见汉阳城，犹是孤帆一日程。
估客昼眠知浪静，舟人夜语觉潮生。
三湘衰鬓逢秋色，万里归心对月明。
旧业已随征战尽，更堪江上鼓鼙声。

10月3日

这首诗作于安史之乱前期。卢纶是河中（今山西蒲县）人，于天宝末年中进士。未及出仕，家园已遭战火。此时，他浮家泛宅，沿长江逆流而上。俞陛云《诗境浅说》曾言，“作客途诗，起笔须切合所在之境，而能领起全篇，乃为合作”。意思是说，写行旅，一定要避免空谈，切中实地实景，为下文铺好线索。这篇就是一个很好的例子，开头就说，江上云雾散开，汉阳城已近在眼前，听来使人充满希望。可没想到望着近，走着远，还要一天才能到。这就完美地解释了诗题，说明了为什么这一晚要先在鄂州停泊。同时，全篇的情绪也因这一番先扬后抑而决定下来。

作者一定在水上漂流已久，有了很深切的经验。他见到商人大白天在船上打盹，便知道一定风平浪静；听到半夜里船夫交谈，便知道一定是夜潮涨起来了，他们在互相提醒。这两句不仅是切实的描写，也在交代时间的变化。“远见汉阳城”的白日，已变为停泊在鄂州的夜。并且，作者显然没有睡着。诗篇由此从实入虚，从景到情：湘江地区笼罩在秋天的气息里，这气息和他渐渐凋残的双鬓呼应着；月光笼罩一切，也照亮了他的孤独。他已经没有家了，忧愁不已。可战鼓还在作响，将要让更多的人无家可归。

清・樊圻・山水册・四

一带城墙，几片人家。许多船只依次停泊。远处云雾渐散，水波上漂荡着一只孤独的小船儿。它还要走许多路，才能行驶到城边。

瑶池

唐·李商隐

瑶池阿母绮窗开，黄竹歌声动地哀。

八骏日行三万里，穆王何事不重来。

10月4日

周穆王是西周第五位帝王，他拥有八匹骏马，“肆意远游”，曾经到瑶池与王母相会。神仙传说自古如此，可现代人读它，多半不信。

李商隐不但相信这样迷离惝恍的故事，还要替故事里的人物抱屈：西王母的爱情，就这样无望地结束了吗？明明有日行三万里的宝马，周穆王居然就这样残忍，不肯再去看她吗？

这些问题说明了周穆王传说的悲剧内核。那么，我们也来问一问。李商隐为什么如此懂得悲剧呢？他可曾像西王母一样，经历过绝望的等待？又或者，他也可曾是某位女子心中的周穆王？

◆ 阿母：即王母。

◆ 黄竹歌：穆王南游时，曾作《黄竹歌》三章以哀民。这里是说，歌声犹在民间传唱不休，可穆王却再也不出现了。

清·改琦·列女图册·王母瑶池

清人笔下的王母娘娘，居然如此清秀窈窕。

雁门太守行

唐·李贺

黑云压城城欲摧，甲光向日金鳞开。

角声满天秋色里，塞上燕脂凝夜紫。

半卷红旗临易水，霜重鼓寒声不起。

报君黄金台上意，提携玉龙为君死。

10月5日

李贺作诗以奇出名。若先知道这一点，便不必急着分析诗篇奇在何处。先来问一个问题：诗里的战争，是胜是败？或者说，赢面如何？

我想大家都有答案。何以塞上的泥土都染上了紫色？那是鲜血的颜色。何以红旗半卷，鼓声不起？那是乱军恶战后的惨状。何以要用荆轲易水的典故？那是一去不还的自觉。

先弄明白这一切，再看“黑云压城城欲摧”，才知道实景之外，它还是一层隐喻。“甲光向日金鳞开”的开战时刻，又与“提携玉龙为君死”的壮烈结局相互照应。再然后，你才知道“黑”“金”“紫”“红”这些字眼，并不是为了让诗篇更美丽。毋宁说，作者故意利用色彩追求一种触目惊心的效果，要让我们知道战争的残酷，生死的无端。

◆ 玉龙：比喻宝剑。

（传）南宋·刘松年·中兴四将图卷（局部）

“提携玉龙为君死”，虽然壮烈，却也残酷。古画不常表现这样的场景。不过，在忠臣像的绘画传统里，仍能找到带剑的将军。图中较为高大的人物，是北宋末年至南宋初年的抗金名将韩世忠，矮一点儿的，是他的侍从。他们佩带宝剑，昂然挺立在画上；而韩蕲王的英烈故事，与岳家军一样，流传至今。

望喜驿别嘉陵江水二绝·其一

唐·李商隐

嘉陵江水此东流，望喜楼中忆阆州。

若到阆中还赴海，阆州应更有高楼。

10月6日

有些诗只写眼前，但可以小中见大；有些诗越写越远，要教人跟作者一块儿，在几十个字里远度关山。望喜驿在四川昭化县南，嘉陵江流经此地，折而向东，经过苍溪县，流入阆州，再经渝州，汇入长江，直至入海。

李商隐在望喜驿站看着江水，便想到它会流向阆州。他也知道它过了阆州，还会流向大海。若人在阆州，还想目送江水，又该如何呢？没关系，那儿也一定和这儿一样，有足供登临的高楼。这是一首孤独的诗。他不送人，只送水，居然不忍相别；他和水一样，奔流漂荡，永远不得休息。

这首诗的写法也很精彩。作者只抓住江水和高楼两个意象，回环往复，竭力陈说。本月还将介绍李商隐更多的作品。多读多想，就将知道：这是他惯用的手法。

清·黄鼎·蜀中八景图册·一

图名为“嘉陵夕照”，黄昏里，嘉陵江水不住奔流。

寒露

初候，鸿雁来宾。

一茬又一茬的大雁向南飞去。人们见到，便又记录，说这一批迟来的是客人。

听起来，久居的人类像是主人，能在定居的土地上一直生活下去。那当然只是错觉。或者，有时候，那是一种『现世安稳』的梦想。

二候，雀入大水为蛤。

古人相信蛤蜊是雀鸟所变。深秋时节，雀鸟不再活跃，而蛤蜊的花纹却与鸟羽相近，人们因此有这样奇妙的联想。

三候，菊有黄华。

七十二候并不额外钟情于『花开的时间』，只在春天记录牡丹，秋天记录菊花。从前的注释者说，菊花太特别了，只有它在秋天盛开。

唐代的诗人会在这时候集体想念陶渊明，并且用诗歌建筑起属于自己的东篱与南山。

晚次宿预馆

唐·钱起

乡心不可问，秋气又相逢。

飘泊方千里，离悲复几重。

回云随去雁，寒露滴鸣蛩。

延颈遥天末，如闻故国钟。

10月7日　寒露

寒露时节已是深秋，游子归乡之心不可遏制。可他还漂泊在千里之外，独自承受着离别的哀痛。大雁飞走了，草虫还在鸣叫。鸣声可听，而家乡的钟声却听不见，使人不自觉地抬头遥望。

此诗艺术水平普通，情感却很真挚。如同反复说过的那样，我们要尊重普通人的作品和感情。

◆ 次：留宿、停留。前些天读了《晚次鄂州》，诗题命名方式与本篇完全相同。

◆ 宿预：古城镇名，故址在今江苏宿迁附近。

◆ 馆：驿馆。

◆ 鸣蛩［qióng］：叫着的蟋蟀。

◆ 故国：故乡。

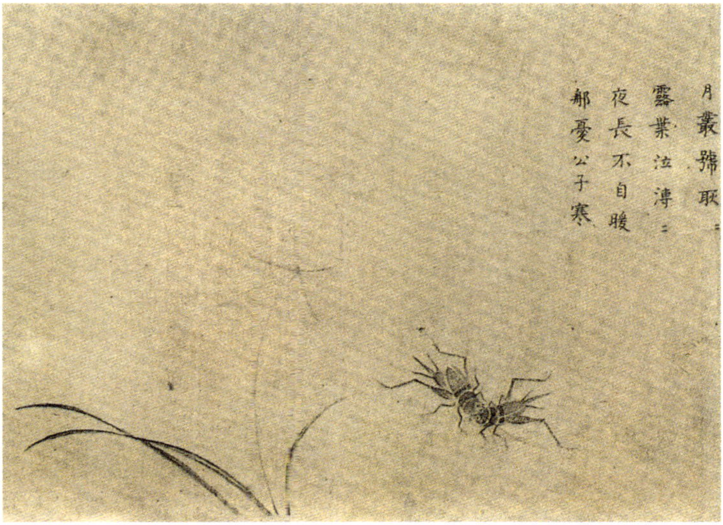

元·坚白子·草虫图卷（局部）

两只蟋蟀在打架。它们就是古诗中常见的“蛩”。

九月九日忆山东兄弟

唐·王维

独在异乡为异客，每逢佳节倍思亲。

遥知兄弟登高处，遍插茱萸少一人。

10月8日

许多植物都有茱萸之名，古人重阳时插戴的当是吴茱萸。它气息浓烈，人们觉得它能“辟恶气而御初寒”。此日习俗，还要登高、饮酒、赏菊花。这一天，王维厌恨成为“异客”的自己，盼望着与兄弟们生活在一块儿。但他极为巧妙地从对面落笔，说：想着他们大家登高插茱萸的时候，一定也在念叨我，盼望我回去。单箭头的思念，说服力有限。两股力量合抱，才是真正的兄弟情深。

好诗是人人心底所有，笔下难言。“每逢佳节倍思亲”，至今脍炙人口，只因它是普遍的心声。

◆ 山东：华山之东，是今日山西地界。王维的家乡在山西蒲州一带。

清·石涛·山水册·三

看，一幅诗意图。

十月八日

行军九日思长安故园

唐·岑参

强欲登高去，

无人送酒来。

遥怜故园菊，

应傍战场开。

10月9日

此诗原有小注，说写作时长安还未收复。根据岑参的生卒年，结合当时的历史事件，可知此诗作于安史之乱尚未结束时。长安是唐肃宗至德二年（757）收复的。前一年，他正随军出征。诗是一句一意，由四个彼此相关的想法组成的；而统摄它们的，则是“九日”。

重阳节要登高，诗人勉强打起精神，决定去。要饮酒，可没有人送来。要看菊花，花在故园。而故园，在战火中。作者聪明极了，他不动声色地安排好最后一个意思，让重阳的风俗们把它慢慢引出来。

◆ 送酒：《续晋阳秋》里有个故事，说九月九日，陶渊明没有酒喝，只是坐在菊花丛里摘花赏玩。不久，江州刺史王弘就派自己的下人来送酒给他了。

清·关槐·洋菊图册·五

关槐是一位清宫画家，这套《洋菊图册》，是为乾隆皇帝创作的。又是一年菊花开，承平岁月中，它是美丽的点缀；战乱年代里，它是唤起忧思的因由。

题红叶

宣宗宫人

流水何太急，
深宫尽日闲。
殷勤谢红叶，
好去到人间。

10月 10日

宣宗是唐代倒数第五位皇帝。作诗的宫人，是位女性，她没有留下名字。

诗里有两重对比。急急忙忙出宫的流水，走得太快了。相形之下，宫廷中的日子，过得太慢了。快与慢，都是相对概念，它们互相反衬了对方。流水带走了红叶，宫人千叮万嘱，盼它平安地流向人间。那是因为她身在禁锢重重的深宫里，是她的绝望，反衬了它的自由。

传说卢偓参加科举考试时，偶尔来到御沟之畔，得一红叶，上题绝句，即是此篇，他把叶子妥当收置起来。后来，宫中遣放一批宫女，有位韩氏就跟卢偓在一起了。她看到红叶，久久叹息，说：这是我在深宫之中偶然题写的，没想到正是你捡起了它。

明·陈洪绶、陈字·杂画册·八

形态各异的红叶，与秋虫一起，送走又一个季节。

叶落

唐·吴融

红影飘来翠影微，一辞林表不知归。
伴愁无色烟犹在，替恨成啼露未晞。
若逐水流应万里，莫因风起便孤飞。
楚郊千树秋声急，日暮纷纷惹客衣。

10月11日

对于同一主题的不同描写，要注意总结它们异同何在。《题红叶》安静忧伤，《叶落》则分明是一帧动画。它们各有各的妙处。此外，精读历代佳作时，要掌握它们最好的地方；泛读名家别集时，要注意“普通的好诗”，从中总结各家风格。

吴融的诗风清澈匀净，宛转多思，这一首正是一个好例子。他只是在对这片落叶说话。变红了，飘落了，再也回不去了。还带着秋烟，与愁同色；带着露水，像泪一样没有干涸。如果飘到流水上，将会随波万里吧？千万不要趁着风，独自先行。说完这些话，他又补充：在楚地的郊野里，你身后还有无数同伴翻飞而下。它们纷纷扑向了我的征衣。

◆ 林表：林梢。
◆ 晞：干。
◆ 惹：沾惹。

明·陈洪绶·杂画册·一

“楚郊千树秋声急，日暮纷纷惹客衣”。

十月十一日

登高

唐·杜甫

风急天高猿啸哀，渚清沙白鸟飞回。
无边落木萧萧下，不尽长江滚滚来。
万里悲秋常作客，百年多病独登台。
艰难苦恨繁霜鬓，潦倒新停浊酒杯。

10月12日

近体诗的形式，是一种“有意味的形式”，伟大作家懂得利用它来为内容做贡献。杜甫在写重大题材时，往往选用精严的对句，以增加庄重感。此诗写秋日登高，寓家国之思，四联皆对。我们可以想象这首诗像一个队列方阵，每个诗句都像一个士兵，他们迈着整齐划一的步子走过场，造就了肃穆严整的气氛。相反，有些全篇不对仗的作品，哪怕仍是七言八句，也像三五好友随意散步，情绪完全不同。

此诗在杜甫七言律诗中堪称压卷之作。它的句法朴实至极，毫不矫饰。颔联用“无边”“不尽”，写出秋气弥漫，天长地阔；颈联用“万里”“百年”，写出颠沛流离、垂垂老矣，都是极诚实而沉痛的表达。

清·王时敏·杜甫诗意图册·八

这一套杜甫诗意图册，多是设色作品；但这一幅纯用水墨，且多用枯笔，十分干涩，正适合展现肃杀又凝重的秋天气息。一行鸟儿飞了回来，一个小人儿在楼上看着江水。没有颜色的画面，可能也喻示着杜甫沉重的心情。

山行

唐·杜牧

远上寒山石径斜，白云生处有人家。

停车坐爱枫林晚，霜叶红于二月花。

10月13日

李商隐和杜牧都有一种把眼前景色写成诗篇的本领。有些绝句，不用很复杂的修饰，也不一定要表达什么深刻的感受，只是像素描一样，把风景呈现出来。此诗有白云、霜叶，红白相映；枫林、人家，远近相依；“远上”“停车”，动静相生。诗里只说了几句话，我们脑海中却能浮现出满山烂漫秋光。

◆ 坐：因为。

明·陆治·唐人诗意图册·二

看，又是一幅诗意图。

与诸子登岘山

唐·孟浩然

人事有代谢，往来成古今。
江山留胜迹，我辈复登临。
水落鱼梁浅，天寒梦泽深。
羊公碑尚在，读罢泪沾襟。

10月14日

孟浩然的几首五律名作，开头都非常漂亮。这首诗写登山怀古，却以人事代谢起头，开阔而通达，展现出他对往昔的认识：人事变迁与岁月流逝交叠在一起就成为历史，它在这世上留下一些文物遗迹，供当代人观览凭吊，这是一个永不停息的循环。

正是在这个循环里，作者和朋友们一起登上了岘山。时节已是深秋，水枯了，露出了鱼梁；天凉了，云梦泽一片深邃。风景如昔，可当年镇守襄阳、爱民如子的羊公已经不在了，只有一块堕泪碑向后人述说他的功绩。他的人格魅力依然可敬，数百年后，人们依然在这块碑前感激涕零。

羊公的故事，今人可能已经没有什么感觉。可如何看待往昔，理解历史，并认识我们自己的“怀古之思”，却永远是一个很有价值的问题。这首小诗的前半段，也许可以成为思考的出发点。

◆ 鱼梁：在襄阳岘津上。水浅的时候，人们以竹木为梁，用以捕鱼，故名。

清·张风·读碑图扇页

从前的城市范围有限，周遭郊原多有前代古碑，行旅中下马读碑，对古人来说，并非罕事。只不过，他们对碑文的价值有不同的理解。早期多注重史实，至清代开始，碑文的书法趣味，渐渐受到关注，引起了书法史的新变化。

秋兴八首·其三

唐·杜甫

千家山郭静朝晖，日日江楼坐翠微。

信宿渔人还泛泛，清秋燕子故飞飞。

匡衡抗疏功名薄，刘向传经心事违。

同学少年多不贱，五陵衣马自轻肥。

10月15日

匡衡、刘向都是西汉时人。前者曾经上疏谈论政事，甚得帝心，迁官高位；后者经学深湛，被两位皇帝先后委以讲论和校经的重任。杜甫一生中也有类似他们两人的行为，然而玄宗不重视他的“传经”，肃宗为其“抗疏”而愠怒。这一天，他又像往常一样登上夔州的高楼，看清秋风景，想自己的命运。他漂泊天涯，渐入暮年，壮志未酬，而当年的同学却都鲜衣怒马，志得意满，成了长安城里的富贵人儿。

《秋兴八首》，是杜甫最为重要的联章七律。当时他身在夔州，心系长安，于是诗里也做了这样的安排。时间上自晨至夜，空间上渐渐从眼前实景过渡到对都城的想象和回忆。很遗憾不能在选本中彻底介绍这八首诗，希望大家有机会自己通读它们。

◆ 信宿：原指“连着两夜”，这里指渔船在江上过了夜，渔翁又开始泛舟捕鱼。

明 · 宋懋晋 · 杜甫诗意图册 · 五

小人儿“日日江楼坐翠微”，才能见到“信宿渔人还泛泛”的景象。燕子太小啦，它没有出现在画面中。

马诗二十三首·其五

唐·李贺

大漠沙如雪，燕山月似钩。

何当金络脑，快走踏清秋。

10月16日

在古代战争中，马的作用很大。文人写瘦马老马，常譬喻怀才不遇；咏赞骏马，则是隐然表达建功立业的期望。李贺希望得到重用，“好马配好鞍”，跑遍大漠燕山。

古人有这样的渴望并不奇怪，可惜形诸笔墨，常常显得卑微而猥琐。本篇短小精悍，痛快爽利，令人击节。

◆ 金络脑：金制的辔头。

元·赵孟頫·人骑图轴

红衣人骑着大马，正在“快走踏清秋”。这是一幅名作，别看它构图简单，结构非常坚实，色彩、线条都坚定有力。这一切都是大画家的功力所在。

乱石

唐·李商隐

虎踞龙蹲纵复横，星光渐减雨痕生。

不须并碍东西路，哭杀厨头阮步兵。

10月17日

阮籍是位至情至性的奇人。他驾车出行时，不走大路。野路走到尽头，无处可去，就“恸哭而返”。他是在反用现实中的道路，譬喻人生之路——走无可走，不知能往何处去。在西晋这样的乱世里，他的眼泪非常绝望。

李商隐看见一堆乱石，先说它们凌乱而有气势，又猜大约是坠落到人间的陨石，为时已久，雨打风吹，身上添了痕迹。然后笔锋一转，开始劝石头：不要堵住所有的路啊，不要让阮籍这样痛苦的人来到这里，只能大哭着回去。

在晚唐这样的末世里，李商隐自己也满怀痛苦，找不到出路。他也许是阮籍的异代知音。

◆ 厨头阮步兵：西晋时，阮籍听说步兵厨营的人善酿，有好酒，就请求去当步兵校尉。所以后人称其为阮步兵，这里又说他是“厨头”。

清·高凤翰·拳石图卷·二

一堆乱石落在水边，横亘在画面中。

润州二首·其一

唐·杜牧

向吴亭东千里秋，放歌曾作昔年游。

青苔寺里无马迹，绿水桥边多酒楼。

大抵南朝皆旷达，可怜东晋最风流。

月明更想桓伊在，一笛闻吹出塞愁。

10月18日

古人说，有些诗有篇无句，有些则有句无篇。前者是通篇都好，而不见痕迹；后者是于平常世界里突然灵光闪现，写出了人们共同的心声。“大抵南朝皆旷达，可怜东晋最风流”，就是这样的名句。它太过闪亮，把全篇的光芒都遮掩住了。

其实，这是一首非常优美动人的诗。即使在杜牧本人的作品集里，也应该算是第一流的佳作。秋景多衰飒，难得明快清新。怀古常悲哀，更难得如此亲切平和。润州是东晋六朝的江东故地，杜牧在青山绿水之中，抚今追昔，怀念古人的流风余韵。既然南朝人旷达，东晋人风流，那么他也要洒脱一点。他说：虽然废寺已被青苔掩盖，仍有酒楼临水而建。尽管前朝人物都已消逝，他们的精神风貌依然楚楚动人。

所以桓伊吹笛，并不真使人愁。

◆ 润州：治所在今江苏镇江。

◆ 桓伊：东晋的将领与名士，特别擅长吹笛。传说名曲《梅花三弄》即与他有关。此处《出塞》，亦是笛曲的名称。

清·王翚·仿古山水册·一

青山高处有一座寺庙。绿水桥边有几户人家。江山风月楚楚可怜——此处的“可怜”，是“可爱”哦。

秋兴八首·其四

唐·杜甫

闻道长安似弈棋，百年世事不胜悲。

王侯第宅皆新主，文武衣冠异昔时。

直北关山金鼓振，征西车马羽书迟。

鱼龙寂寞秋江冷，故国平居有所思。

10月19日

四天前，我们读到了《秋兴》组诗的第三首，它刻写了夔州江上的秋日风光，而末句“同学少年多不贱，五陵衣马自轻肥”，则把镜头拉到了长安城里。于是，自这一首起，主要都在怀念长安。这怀念是以悲悯作为开端的：杜甫看到开国以来，那里就是权力斗争的核心。人们像在棋盘上争夺胜负一样持续角力，一代代新贵住进了旧权臣的宅院，文武官员流品越变越杂。况且北有回纥，西有吐蕃，征战未休。国家在内忧外患夹击之下，他却只能僻居江畔，怀抱愁思。

这一篇句句都是史实，修饰不多。也正因此，千年之后，依然容易读懂，也还能够打动人。

◆ 直北：正北。

◆ 羽书：紧急的军事文书。

◆ 故国：故都。

◆ 平居：平日。这句是说，身在夔州，回想起当年在长安时的往事，不胜感慨。

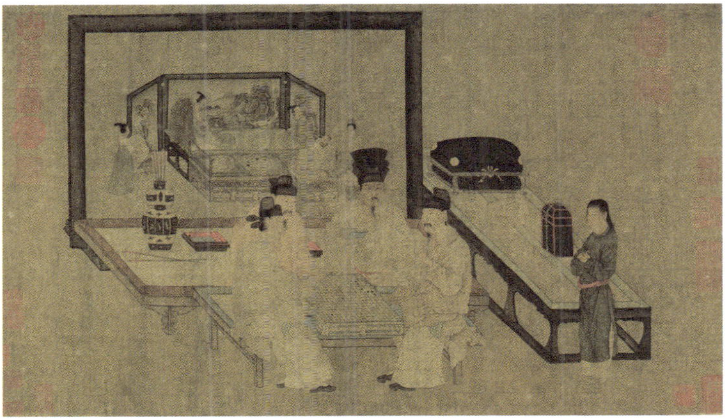

南唐·周文矩·重屏会棋图卷

都城里的争斗，是历史。棋局上的断杀，是游戏。

秋登宣城谢朓北楼

唐·李白

江城如画里，山晚望晴空。

两水夹明镜，双桥落彩虹。

人烟寒橘柚，秋色老梧桐。

谁念北楼上，临风怀谢公。

10月20日

读律诗，要注意全篇动词的位置和用法。当位置变换错落时，诗篇的动势就多一些，更容易制造“笔挟风雷”的效果。杜甫经常这么办。如果不相信，不妨翻翻已经学过的杜诗，找一找每一句里的动词，看看它们的分布多么富于变化。

如果主要的动词，在每一句的位置都相同，诗句就容易显得板正，不够活泼。李白此诗就有这个问题。“望”“夹”“落”“寒”“老”“怀”，全部落在五字句的第三字。他是怎样解决问题的呢？词性活用是个好办法。“寒”“老”，本身是形容词，说明橘柚有霜色，梧桐渐渐枯黄。但又都在作动词用。仿佛在人烟映衬下，橘柚染上了寒凉的颜色；又仿佛一片秋光，催老了梧桐。全诗因此有了活泛生动的感觉。

◆ 谢公：即诗题中的谢朓。他是南朝诗人，写过“余霞散成绮，澄江静如练”这样的名句，当过宣城太守，建造了一座楼，后来称为谢朓楼，唐代又称为叠嶂楼。

明·蓝瑛·秋色梧桐图轴

“秋色老梧桐”，墨色的叶，丹黄的桐子，衬着背后朱色的乌桕。一只呆鸟静静立在枝头。

夜雨寄北

唐 · 李商隐

君问归期未有期，巴山夜雨涨秋池。
何当共剪西窗烛，却话巴山夜雨时。

10月21日

绝句篇幅短小，通常忌讳重复，而李商隐偏偏敢写。此刻的“巴山夜雨”，阻隔了两地离人，使他们无法相见；他日的“巴山夜雨”，却将成为一种缠绵缱绻的回忆，因为它是两人彼此思念的证明。

此前讲过，这是李商隐习用的技法。还记得十月六日所读的“嘉陵江水此东流”吗？只读一两首名作，并不能认识到这一点。积累越多，触类旁通就越容易。然后古诗词的世界，就更吸引人。

宋·佚名·秋堂客话图页

看，两个小人儿共对一支明烛。

山中

唐·王勃

长江悲已滞，万里念将归。

况属高风晚，山山黄叶飞。

10月22日

通常作诗，讲究起承转合。可有时篇幅有限，往往意思还没写尽，就已经“合”住了，非常可惜。所以聪明的诗人懂得向外开拓，让小诗具有尺幅千里的效果。这时，四句诗就像登楼一样，每上一级，读者看到想到的都会更多。

长江滚滚，一身留滞。想要回家，家在万里之外。开头两句已经把思乡的意思写尽了。第三句要想站得更高，就得添上一些新意思：更何况思归的季节已是深秋。对于中国古人来说，秋意是一片落叶就能唤起的东西，是几乎无可避免的共鸣。而王勃完全没有浪费第四句，他说：如今，每一座山上的黄叶都在翻飞。

于是，读者们甘心落入他设置好的情境里，替这个落寞又孤独的旅人感到哀伤。

◆ 滞：滞留。

◆ 况属：何况是。

宋·佚名·高阁听秋图页

一片，两片，许多片。小人儿坐在阁中，目送着“山山黄叶飞”。

霜降

初候，豺乃祭兽。

从前的注释者很有想象力。他们说，鹰祭鸟的时候，还是小个子的飞禽开始杀生；到了豺祭兽的时候，就是大个子的走兽开动了。这是因为秋日的肃杀之气渐渐增加。

二候，草木黄落；阳气去也。

草枯了，叶落了，诗人的竞技场开张了。『淮南一叶下，自觉洞庭波』，『况属高风晚，山山黄叶飞』，『楚郊千树秋声急，日暮纷纷惹客衣』……

西风开始唱它最后的歌：花少不愁没有颜色，我把树叶都染红。

三候，蛰虫咸俯。

虫子们准备好了，统统蛰伏着，开始过冬。

枫桥夜泊

唐·张继

月落乌啼霜满天，江枫渔火对愁眠。

姑苏城外寒山寺，夜半钟声到客船。

10月23日 霜降

霜降是秋天的最后一个节气。霜应该落在地上，说“霜满天”，是诗人的想象。空中的霜气，该是江中的水汽，托起了将落的月光吧？

这个漫长的夜晚，暂泊城外，作者分明已经努力睡着了，可“愁眠”又被寒山寺的钟声惊起。自来寺庙暮鼓晨钟，且月落之际，天已向晓。说“夜半”，是因为秋天天亮得太迟。眼前有红的江枫，黄的渔火，又有一片白茫茫的霜露气息。万事万物都在说，这个秋天已经快要结束了。而作者的漂泊还没有尽头。

明·文伯仁·姑苏十景图册·江村渔火

寒山寺在苏州阊门外。张继作诗的时候，或者还不很繁华。到文伯仁作画的时候，苏州已成为最为繁华的商业城市，泊舟阊门外，恐怕已很拥挤，不至于再“愁眠”了。

沧浪峡

唐·许浑

缨带流尘发半霜，独寻残月下沧浪。
一声溪鸟暗云散，万片野花流水香。
昔日未知方外乐，暮年初信梦中忙。
红虾青鲫紫芹脆，归去不辞来路长。

10月24日

许浑造境之美，在晚唐诗人之中罕有其匹。诗意不外乎归隐二字，可“归隐后”的世界，也被他形容得那样漂亮：有鸟声、花影和月光，有好吃的鱼、虾和芹菜。

若非如此，他怎忍心将半生努力一概推翻，说：和今天的生活比起来，昔年的劳碌都是“梦中忙”？

◆ 缨：系在脖子上的帽带。缨带流尘，说的是帽子戴得太久，帽带沾染了人世的风尘。

◆ 沧浪：古代的水名。因《孟子》里有“沧浪之水清兮，可以濯我缨；沧浪之水浊兮，可以濯我足”的歌，后来常用“沧浪”形容远离世事，隐逸江湖。

◆ 方外：世外。

清·查士标·唐人诗意图轴

“柳边人歇待船归”，这句诗题在右上端。柳树下的人等待摆渡，小船儿从远处撑过来。

又呈吴郎

唐·杜甫

堂前扑枣任西邻，无食无儿一妇人。

不为困穷宁有此，只缘恐惧转须亲。

即防远客虽多事，使插疏篱却甚真。

已诉征求贫到骨，正思戎马泪盈巾。

10月25日

此篇约作于大历二年（767）以后。当时杜甫已经居住在草堂，可能又把它让给一位姓吴的亲戚暂住。草堂之前，有棵枣树。有位贫苦的妇人常来打枣。杜甫从不阻止她，可吴郎住进来没多久，就在堂边插上了篱笆。

这首诗非常感人。它全像一篇白话，对吴郎温言劝告：那妇人一定是穷困无助，才指望几个枣子过活的。她来打枣的时候，心里一定很害怕，我们更该亲切些，让她不必难堪。你插篱笆，她或者多心，以为你是要防着她。可你一住进来就做这样的事，倒好像真有其事呢。她已经被官吏搜刮得一贫如洗了——我们看看她，正该想想战乱之中，还有多少人沦为难民，像她一样，甚至连枣儿都打不着？

“老吾老以及人之老，幼吾幼以及人之幼”。杜甫真的有一颗金子般的心。

宋·佚名·扑枣图轴

一群孩子在争相打枣呢。

题破山寺后禅院

唐·常建

清晨入古寺，初日照高林。
曲径通幽处，禅房花木深。
山光悦鸟性，潭影空人心。
万籁此都寂，惟闻钟磬音。

10月26日

十月了，唐诗里的基本常识都已谈过。大家想必都能说出这首诗的对仗形式是“偷春格”：首联、颈联对仗而颔联不对。它没有什么特别高妙的技巧，也不讲特别重要的事，只是摆定了娓娓道来的姿态，把“清晨入古寺”的愉悦细细拆分。只要读者跟着他进了寺门，走到禅房，面临水潭，在钟磬声中安静下来，这首诗就取得了成功。

◆ 破山寺：即今江苏常熟虞山的兴福寺。南齐时，郴州刺史倪德光舍宅为寺。虞山北麓又称“破山”，寺在其中，故名。

元·佚名·深山塔院图页

寺在深山里，高树下。三两行人次第循路入山。

题宣州开元寺水阁阁下宛溪夹溪居人

唐·杜牧

六朝文物草连空，天淡云闲今古同。

鸟去鸟来山色里，人歌人哭水声中。

深秋帘幕千家雨，落日楼台一笛风。

惆怅无因见范蠡，参差烟树五湖东。

10月27日

杜牧的怀古诗篇，有时并不沉重，只是感人。还记得《润州》那一篇，对东晋南朝风流人物深深的致敬吗？这一篇写宣州，又把古今变迁写得通透而空灵。六朝遗迹都湮没了，只剩下秋草连空，天淡云闲。若把时段拉长来看，人的生死，朝代的变迁，都像鸟的来去那样平常。

每一代新人，都在旧人生活过的地方继续生活。他们甚至未必时时意识到时光流逝，自己也将走进历史。而怀古的人什么都意识到了，可什么都说不出来。只有一点惆怅，加上一点对自由的向往，共同飘荡在风风雨雨中。

◆ 六朝：吴、东晋、宋、齐、梁、陈六个朝代。我们学唐诗至今，应该已经意识到，六朝是离唐人不远的时代，他们还熟悉那时的人物与故事，对那段时光投注了很多的怀古之情。

◆ 文物：此词古今异义，这里指礼乐典章。

◆ 人歌人哭：《礼记·檀弓》里，有一段优美的文字，说家园是人们生老病死、寄托感情的地方，大家“歌于斯，哭于斯，聚国族于斯”。

明·蓝瑛·青绿山水图轴

秋山红树之中，小船上有人吹着笛子。岸边大石头上，两人并立眺望，看着这一片古今不变的风光。

沙丘城下寄杜甫

唐·李白

我来竟何事，高卧沙丘城。

城边有古树，日夕连秋声。

鲁酒不可醉，齐歌空复情。

思君若汶水，浩荡寄南征。

10月28日

通常认为这首诗可能作于天宝四年（745）秋天。在那之前，两位大诗人曾经在鲁郡（治所在今山东曲阜市）相聚；从那以后，杜甫去了长安，李白满心寂寞，高卧城中。他对杜甫说：唱歌饮酒都不能排遣相思之情，不如就请河流把它捎带给你。

这是一首受到律诗影响的古体诗。李白的风格非常明显，潇洒、疏放、不计工拙。

◆ 沙丘城：一般认为在今山东境内，但具体地点，诸家说法不同。

清·项圣谟·山水花卉图册·八

“我来竟何事”？小人儿望着流水，若有所思。

野望

唐·王绩

东皋薄暮望，徙倚欲何依。

树树皆秋色，山山唯落晖。

牧人驱犊返，猎马带禽归。

相顾无相识，长歌怀采薇。

10月29日

这是一首进过课本的诗。老师们也许会对大家讲它的朴素和真切，或者讨论作者如何懂得借助意象来传达诗意。但如果你是一个中国古典文学爱好者，读这首诗时，可能会有一点额外的激动。因为王绩（约589—644），是隋末唐初的诗人。在他生活的时代，律诗这种体裁，还刚刚定型，远远称不上流行。

可这分明是一首完美的律诗了。格律谨严，对仗工整，句式富于变化，表意极为完整。如果我们只知道向后看，与盛唐的作品相比，它确实太过朴实无华；可一旦了解从诗经到唐诗的漫漫道路，当会惊异于它在它的时代是那么新奇。

文学、历史，都是一条长河，希望大家记住它总在流淌，万勿刻舟求剑——那样会对不起诗人。

◆ 皋：水边的平地。王绩自号东皋子。

明·杨补·怀古图咏册·二

画面右上方题写着“采薇”二字。我们因此知道，画中的小人儿正是伯夷和叔齐。

暮秋独游曲江

唐·李商隐

荷叶生时春恨生，
荷叶枯时秋恨成。
深知身在情长在，
怅望江头江水声。

10月30日

曲江在今西安城东南部。暮秋独游，看来是满怀落寞。不过，走在一片秋意里，作者似乎也明白了一些事情。既然荷叶荣枯都惹人愁，就不能怪自然界盈虚寒暑变化太快，只是因为人活着未免有情。无可消除的情感，是人生不得不背负的东西之一。这个事实本身就足够怅惘的了，远胜过一年年春去秋来。

读过《望喜驿别嘉陵江水》和《夜雨寄北》之后，读者一定意识到，这首诗的写法，也仍是抓住“荷叶”与“恨”两个要素，反复陈说。

宋·佚名·疏荷沙鸟图页

鸟儿抓着好大一片枯荷叶。这个秋天真的快要过完了。

自江陵沿流道中

唐·刘禹锡

三千三百西江水，自古如今要路津。
月夜歌谣有渔父，风天气色属商人。
沙村好处多逢寺，山叶红时觉胜春。
行到南朝征战地，古来名将尽为神。

10月31日

还记得《望洞庭》吗？那是唐穆宗长庆四年（824），刘禹锡从夔州刺史迁官和州，途经洞庭湖时所作。而这首诗也大体作于同时。诗题说“沿流道中”，是因为从重庆去安徽，要乘船东下。“三千三百”，指水路里程。在路上，他听见了渔父的歌谣，看到了商人的劳碌，还有一片秋色里的人家。他经过魏吴交战的故地——赤壁、江陵、皖城……他看到东吴名将陆逊、甘宁等人，都有祠堂。

与《九月九日忆山东兄弟》相似，这首诗的技巧也在于“对面着笔”：渔父和商人也看到了诗人的迁谪之旅吧？名将至今有人祭祀，然而文人凋落，又有谁知？

◆ 江陵：即湖北荆州，在长江边。

明·赵左·山水图页

“山叶红时觉胜春”。这种青山红树式的秋景山水，有一个悠久的传统。明清艺术家普遍愿意相信，那是唐人的画风。而见过敦煌壁画的我们，不得不说：古人的知识也很广博呢。

捣衣

唐·杜甫

亦知戍不返，秋至拭清砧。
已近苦寒月，况经长别心。
宁辞捣熨倦，一寄塞垣深。
用尽闺中力，君听空外音。

11月1日

冬天快要到了。杜甫悲天悯人，同情那些给丈夫准备寒衣的女子。“亦知戍不返”，她们知道，他们镇守边塞，不可能回来，只能把冬天的衣服寄过去。她们一下一下，用尽全力地捣着衣料，声音响彻夜空。这是绝望的工作，而又如此辛劳。

- 捣衣：裁制衣服前的一道工序，将材料铺在砧板上，用木棒捶打，使之柔软。
- 戍：军队驻守。

明·唐寅·山水人物图册·四

画中的姑娘正在捣衣。

菊

唐·李商隐

暗暗淡淡紫，融融冶冶黄。
陶令篱边色，罗含宅里香。
几时禁重露，实是怯残阳。
愿泛金鹦鹉，升君白玉堂。

11月2日

李商隐极其擅长咏物。在他的作品中，这一篇实在不算高明。好处只在两点：一、擅用叠字；二、不落于颓唐。紫菊花色暗，黄菊花色明。若作直笔描写，便无余味。叠字重复，既多了些轻俏活泼，又显得花儿开得很密，是一丛又一丛的紫和黄。怕菊花禁不起风露，开不了多久，很有些忧愁的意味。可结尾转向了及时行乐，使气氛欢乐起来：既然花总要谢，那就趁着它开放的时候，尽情饮酒，好好珍惜。

◆ 陶令：指东晋诗人陶潜。他喜爱菊花，留下了“采菊东篱下，悠然见南山”的诗句。

◆ 罗含宅里香：《晋书》里有个故事，说罗含品德高尚，退休回家后，院子里忽然“兰菊丛生”。大家都认为这是为他的德行所感。

◆ 金鹦鹉：用鹦鹉螺做成的酒杯的美称。

◆ 白玉堂：富丽华贵的居所。

清·陆恢·蛰庐艺菊图轴

小人儿背着手，正看童儿给菊丛浇水呢。紫也有，黄也有，陶令篱，罗含宅，一一都在画中。

八阵图

唐·杜甫

功盖三分国，名成八阵图。

江流石不转，遗恨失吞吴。

11月3日

五言绝句如此短小，却能用以寄托思古之幽情，这是真正的大手笔。前两句作对仗处理，以小小的军事阵图，对三分天下的丰功伟绩，分明是在评论诸葛亮的历史地位。

蜀汉至唐六百余年，江水朝夕淘洗，石阵岿然不动。后两句说：它们好像还在述说诸葛亮的遗志，为没能吞灭吴国而久久地遗憾着。这又是在对历史人物寄予同情。

◆八阵图：由天、地、风、云、龙、虎、鸟、蛇八种阵势组成的战图。是诸葛亮所创。传说共有三处，杜甫所咏的一处，遗址在夔州西南永安宫前的平沙上，阵为石子布成，濒临江水。

（传）元·赵孟頫·诸葛亮像图轴

元人想象中的诸葛亮形象如此。可我们不知道此图究竟纯出于创作，还是有更早的匠式传统可资参考。要知道，绘画得益于传统的，并不比诗歌少。“图式”的分量，至少与“典故”相同。

寄扬州韩绰判官

唐·杜牧

青山隐隐水迢迢，秋尽江南草未凋。

二十四桥明月夜，玉人何处教吹箫。

11月4日

韩绰是杜牧在扬州时期的朋友，从诗意来看，他们两人关系很不错，到了可以互相开玩笑的程度。

全篇先写扬州暮秋风景，极为凝练，似乎放在整个南方都很适用。“秋尽江南”这一句，历来有“草未凋”与“草木凋”两种版本，而以“未凋”为好。因为草还绿着，便与青山流水相适配；更与这首诗明澈清新的基调相符合。随后接上一个充满遐想的问句：在月照流波的水乡之夜，韩绰，你这美人儿在哪里教人吹箫呢？

句子多么漂亮啊，而温馨明丽之余，又带着一丝调皮。

◆ 二十四桥：有两说，或指水乡上的二十四座桥，或指一座名叫“二十四桥”的桥，都通。

◆ 玉人：传说春秋时期秦国有位擅长吹箫的人叫作箫史，秦穆公的女儿弄玉很爱慕他。箫史教弄玉吹箫，箫声很像凤凰鸣叫的声音。后来凤凰来到了他们家中，他俩便随凤凰一同离去了。

明·唐寅·吹箫仕女图轴

雍容富丽的吹箫女子，或者也是谁心中的玉人呢。

十一月四日

客中行

唐·李白

兰陵美酒郁金香，
玉碗盛来琥珀光。
但使主人能醉客，
不知何处是他乡。

11月5日

自此诗出，兰陵美酒的原产地就有许多种说法，不过一般认为是在山东峄县。大家都争抢“自古以来的著名品牌”，可见名篇多么深入人心，不但影响了文学传统，也影响了我们的现实生活。

读诗务须注意细节。客游之中，唯愿尽情一醉，所以竭力描写酒有多诱人，而李白其实并没有醉成：既说“但使”，就只是个愿望，盼望着走进醉乡，忘记身处他乡。

清·苏六朋·太白醉酒图轴

许多艺术家想象过李白的醉态。这一幅尤其动人。诗人的醉眼还未合拢，白衣飘飘，风姿俊朗。两位内侍身着皂色服装，竭尽全力架住了他。

宿骆氏亭寄怀崔雍崔衮

唐·李商隐

竹坞无尘水槛清，相思迢递隔重城。

秋阴不散霜飞晚，留得枯荷听雨声。

11月6日

这首诗特别清楚，却又含蓄。在一个阴天的傍晚，作者独居于竹坞水槛。风景清美，可寂静无人。明言“相思迢递”，奈何分隔两地无从见面。于是他抬起头来，看看天，黄昏时秋色已深，天色阴沉，霜露渐下；看看水面，枯荷还在，预备迎接秋雨，奏起乐声。明明只是阴天，为什么诗写到最后，忽然响起了秋雨的鼓点呢？原来作者是在暗示，这个黄昏早已过去了，直到雨落的夜晚，他也没能睡着。

“一切景语皆情语”，枯荷暮雨与相思之情，好似一体两面。

◆ 崔雍、崔衮：他们的父亲崔戎，是李商隐的表叔。所以他们二人都是李商隐的从表兄弟。

◆ 水槛 [jiàn]：临水的栏杆。

◆ 迢递：这是唐诗常用的形容词，在不同的诗句里，意蕴略有不同。此处有思虑悠远的意味。

宋·佚名·鹡鸰荷叶图页

天色阴沉，枯荷上停着一只小鸟儿。